贅沢三昧したいのです！

転生したのに
貧乏なんて
許せないので、
魔法で
領地改革

5

みわかず
Illustration 沖史慈宴

contents

第一〇章 14才です。

第一一章 15才です。

profile

チート魔法使いで悪役令嬢。
前世は日本人。通称お嬢

侍従、一座の剣舞担当。妻はルルー

ドロードラング家侍従長、実は元剣聖

サレスティアの弟。白虎に見守られている

侍従、クールビューティ。夫はマーク

白虎の力を具現化した狼

アーライル国第三王子。お嬢と婚約中

四神の一。普段はサリオンに
憑いている

四神の一。タツノオトシゴの
姿になったりも

四神の一。普段は山ほどの
大きさなので動かない

アーライル国第二王女、
アンドレイの妹

タタルゥ出身、騎馬の民。
孫もいる

四神の一。
人間化して村長と結婚した

ハスブナル国王太子の子。
転入生

青龍に憑かれていたがお嬢が救う。
以降青龍は彼女を見守ることに

アーライル国財務大臣、アンドレイ
とレリィスアの祖父、クラウスの兄

元暗殺者、
ダジルイに求婚

アイス大好き、
マイルズ・モーズレイ

ジーンの付き人

あらすじ

5才の誕生日に頭をぶつけ、前世の記憶を取り戻し、怒りで魔法に目覚めたサレスティア。

前世でいうところの「乙女ゲーの悪役令嬢」であることにもめげず、脱貧乏のため魔法を駆使して領地改革を推し進める。

お嬢のひたむきさに絆され、領民や伝説級の魔物まで大奮闘……王子や侯爵、弟との出会いを経て、国を大きく巻き込んで発展していくドロードラング領。

両親との決別を乗り越え、領地経営も順調という流れでサレステイアは陞爵《しょうしゃく》し、アンドレイとも婚約を結ぶ。

亀様を筆頭に白虎、シロウ・クロウという四神の仲間も増え、「アーライル学園」に入学したお嬢は苦悩するヒロイン・ミシルを救う。と思ったら青龍まで現れて、最後には囚われの朱雀まで救出！　四神が揃って大わらわのドロードラングに、しばしの平和が訪れる（この時お嬢14才）。進級・夏休みを経て迎えたアーライル国の武闘会ではエリザベスとテオ先生の恋愛が成就……そして、新しい春。お嬢は成人を迎えようとしていた……

第一〇章　14才です。

一話　兄弟喧嘩?です。

「だから、フィリップが喧嘩して怪我したの、あっ、したんですっ！　保健室まで来て下さい！」
放課後、エンプツィー様の教職部屋にて片付け業務をしているとスミィが駆け込んで来た。

「は?」

嫌み坊っちゃん、フィリップ・パスコー。

前よりだいぶ大人しくなったけど生意気さはあまり変わらず。でも、誰かと喧嘩をするような奴ではない。成績は良いし、私への反抗さえなきゃただの優等生だ。取り巻きはいないし友達も少なそうなところは貴族にしては珍しいかもしれないけども。

実は今期から、放課後に青龍が魔法の特訓を一時間ほどしてくれるようになった。ミシルの特訓のついでに希望する生徒もみてくれるようになったのだ。エンプツィー様に頼もうという強者《つわもの》、またはは馬鹿者は現れなかった。

本当なら放課後練習は私の受け持ちなのだけど、青龍の人に関わりたいというたっての願いに、真面目だし給金の発生しない人材？　ということで学園長もＯＫを出した。おかげで毎日エンプツィー様を締め上げる事ができて私の残業も少なく済んでいる。

まあ特訓といっても、魔力循環の誘導とかの劣等生向けのものがメインだ。でも暴発しても学園に張りめぐらされた亀様ガードがある上に、青龍もその時間はガードを展開してくれているので安心だ。もしものためにミシルもついていてくれている。

なのに、フィリップが怪我をした。

彼は魔法使いとしては普通に優秀だ。だから実力以上の大技を使おうとはしない。わざとでなければ失敗はまずしない。

だから放課後の特訓に参加したことはない。

鍛練場のはしっこで練習していたスミィが、壁の向こうから聞こえる言い合いに気付き、何事かと覗いたらフィリップがうずくまっていたのだと言う。

早歩きで私の前を行くスミィは、フィリップの相手がもういなくなっていて、誰にやられたか言わないし、と、慌てた見た目よりも冷静に教えてくれる。

魔力が使われた形跡はないと青龍が言っていたこととフィリップの様子から、ただの殴り合いをしたとスミィは結論づけたよう。

……合いになったかはあやしいけど。

「どんな感じ?」

スミィがガラリと引き戸の入り口を開け、保健室に入ったのに続く。

「うわ、派手にやられたわね〜」

ミシルに付き添われたフィリップは椅子にかけていて、私を見ると顔をしかめた。その向かいの椅子に座る学園医のマージさんが困ってる。

「何で治癒してないの？」

「要らないって言い張るの」

頬は赤くなっていて、口のはしは切れているのか赤黒い。服には埃がついている。体も痛めつけられたようなのに、よく要らないって言ったな。

フィリップの頭を右手でガシッと掴む。

「い、私らの目の前で傷だらけとか、許さないんだけど？」

焦った様子のフィリップを無視して強制治癒施行！

領地の悪ガキどもを相手にしている私を舐めんな！

「よし。証拠というなら私も傷を確認したわ。学園医も調書を取ってくれたから、どこにでも証言してあげる」

綺麗になったけど憮然とするフィリップが渋々とマージさんに「ありがとうございました」と頭を下げた。

おい、私にはなしか。いいけど。

「は〜。傷が治って良かったね！　口が切れてるとご飯も食べられないからさ〜」

スミィ……

フィリップも若干呆れた顔でスミィを見てる。ミシルとマージさんは小さく噴いた。

ま、いっか。

「で?」

なに食わぬ顔で聞いてみたら、

「……転んだだけです」

ふてぶてしく返ってきた。転んだだけであんな怪我するなら逆にすごい才能だわ。

ふむ、なるほど。

「相手は複数と」

「転んだだけです!」

「プライドの高いアンタがそんなことを言うだけで答えだっての」

フィリップは口をつぐんだ。ありゃ、目線を外しちゃった。これは意地でも答えないつもりだな? 相手が誰か分かれば対策しやすいのに。

「ま、今日のところはいいや。一人きりにならないようにね」

そう言うとフィリップは顔をそむけた。

「私が途中まで送ってあげるよ!」

スミィがのほほんと言うとフィリップの眉がはね上がった。

「要らん！」

「遠慮しなくていいって。どうせ寮まですぐじゃん」

「平民となんか歩けるか！」

「同級生だしいいじゃな～い」

「嫌だと言っている！」

「また嫌がらせされたら私が騒いであげるって」

「要らんと言っている！」

「まあまあ。ほら保健室で騒いじゃいけないんだよ。じゃあお嬢、ミシル、マージ先生ありがとうございました！　行こ、フーリィ！」

「フ!?　きさま、っ!?　おいっ腕を引っ張るなー!!」

保健室のドアが閉まっても、しばらく賑やかな声が聞こえた。

……スミィ……すげぇ……

「「　ぶっ！　」」

ミシルとマージさんが耐えきれず噴いた。

《見張るか？》

亀様には命の危険がなければいいと学園敷地のガードだけをお願いしている。犯人を教えてもらえれば楽は楽なんだけど。

「ありがとう亀様。でもいいわ。こういうのは教師や学園職員の担当だもの。こんなのまで亀様に頼るようになっちゃ、生徒は一人でトイレにも行けなくなっちゃう」

学園医のマージさんは頷いてくれた。

好き嫌いを別にしても、信頼関係が築けなければ。

私に反発するというならマージさんへ。マージさんが駄目ならミシルへ。なんならマークやスミイでも、青龍でもいい。

助けてくれるだろう誰かを、フィリップが自分で見つけなければ。

まあ、好き嫌いを別に、ってすごく難しいお年頃なんだけどさ。

「毎年学年毎に色々よ。一応その経験はあるので任せて下さい」

マージさんが亀様キーホルダーに向かって笑った。

《うむ。ではそのようにしよう》

ありがとう亀様。

《主《あるじ》、済まぬ》
お昼前の授業でお腹すいたな〜とぼんやり思っていたら、急にテレパシーでシロウから謝られた。

お、何だどうした？

《捕られた》

「はあっ!?」

突然の叫びにビクリとする生徒たち。エンプツィー様もこちらを見る。

《黒狼《クロウ》は我を庇って瀕死だ》

「はあああっ!?」

従魔に何かあったら感じるものじゃなかったんかい！

《……主に頼らずに解決したかったのだが……》

「どこにいるの？」

私の低い声に教室の空気が緊張した。

私の顔がひきつる。うちのシロウとクロウにどこの馬鹿が何してくれとんじゃ。

髪がうねったのが分かった。

瞬間、二頭の場所を把握。

エンプツィー様を見れば、行けと頷かれた。

「すみません！　帰ったら説明します！」

そうして亀様転移で着いた場所は。

せっかく開墾した畑はぐちゃぐちゃで、

家々からは煙が立ち、
人も馬も倒れてる。

クロウは血みどろで、
シロウがいない。

「……おじょ……ごめん……シロ……さま、つかまっ……！」

近くに倒れていた騎馬の民の子が、治療のために膝をついた私に気付き口だけ動かす。

また。

またか。

今度は何だ。

今度は誰だ。

何が私たちを傷つける?

「マーク！　クラウス！　ヤン！　ダジルイ！　バジアル！　ザンドル！　ニック！　ラージス！　タイト！　キム！」

呼んだそばから次々と現れ、この惨状に気配を引き締める面々。

「仕事中にごめん。シロウが捕まった」

瞬間、ピリッとした空気に。そしてそれぞれに動きだす。

魔力展開を地面の下まで含める。ゆっくり急いで広げる。

警戒網も展開。敵らしきものは掛からない。

それでもゆっくり急いで広げる。

騎馬の国に展開されている亀様の力も借りる。

ダメージがあるのはルルドゥ地区だけのよう。

そこまで、治癒回復魔法を掛けた。

目の前の子の表情が苦痛から柔らかくなる。呼吸が穏やかになった。

クロウも傷が塞がった。

馬も立ち上がる。

畑は回復できない。

魔力展開を続ける。タタルゥ地区に入る手前に大勢のよそ者の気配を摑んだ。

そこにはシロウ。

こいつらか！

《落ち着け、サレスティア》

亀様の静かな声が響く。

ストッパーではあるけど、結局はいつも助けてくれる。

だから。

今まさに、よそ者とタタルゥの騎馬の民がやりあおうとする間《あいだ》に、私たちを転移させてくれた。

馬の嘶《いなな》きと「お嬢!?」と戸惑いの声が聞こえる。

「誰だお前は？」

偉そうな口調で正面から問うのは、がっちりした馬に跨がり、きらびやかな鎧を纏ったがっちりした男。でっかい槍を持っている、先頭の一番派手な奴。

そして全部で五十人くらいだろうか？　全員それなりに使い込まれた揃いの鎧を纏い、馬にも鎧を着《つ》けている。

シロクロを相手に怯まなかったのなら、よほどに鍛えられた軍馬だ。

チャキ……

相手側を観察しているうちに近づいた派手男に槍の刃を向けられた。

まだ届かない距離とはいえ、馬が動けばあっという間に私に刺さるだろう。

だが、私の左右にはマークとクラウスが立つ。それぞれの剣を派手男の槍に狙いを定めて。

「誰だと聞いている！」

ニヤニヤしていた顔が少し歪んだ。短気な奴だな。派手男の後ろの連中はニヤニヤしたまま。

い、いい、これが本隊？

「……私の従魔を返してもらいに来た！」

派手男が驚いた。

「お前がサレスティア・ドロードラングか。本当に子供だ、な！」

ガキン!! ドオォオンッ!!

子供と言いながら私を貫こうとした槍は、マークとクラウスの剣に弾かれ、そして火花を散らして爆発を起こした。

なんだこりゃ。

こんな間近でうち以外の攻撃用魔法具を初めて見た。

あー。騎馬の民が個人への亀様ガードを断っていたから、これでやられたのか。

道理で武器のわりにキラキラしてるわけだ。てことは、こいつらの鎧も何かしらの魔法がかかっているかもしれないし、派手男以外の奴らの武器も何かしらあるのだろう。

煙の向こうから馬の駆けて来る音がした。

あぁなるほど、この煙で目隠ししているうちに距離を詰めるのか。視界が利かない中での地響きは不安を煽る。うまい作戦だ。

だが。

煙が少し晴れて、マークとクラウスに細切れにされた槍に驚く派手男を確認して、私もニヤリとした。

派手男の後ろにはこいつの仲間が私らを蹂躙しようと迫っていた。

無傷の私らを見て青ざめた派手男が仲間を止めようとしたのか、手を上げようとする。

……おぅコラ。淑女の笑顔に青ざめるとか、てめぇそれでも隊を率いる男か、

「コンの小物《こもの》があっ!!」

私の横をいくつもの大きな影が追い越して行く。

先頭はニックさん。タタルゥの馬に跨がった皆と騎馬の民が砂ぼこりを巻き上げて敵に向かって駆けて行く。

金属音、地鳴り、悲鳴。

魔法展開。

爆音がしない。魔法具はあの槍だけ？　何もかからない。

よし。

「引けぇっ!!」

私の声にドロードラング班、騎馬の民が、スッと範囲外に引くのを確認。


ドゴオオオォォンン!!


私の足元に、三メートル厚、五メートル幅、高さ五メートルの土壁を出した。

高さ五メートルから一人戦場を見下ろす。

馬から落ちた者、兜が取れた者、剣が折れた者、倒れた馬、まだ戦おうとする者が、ドゴン！

ドゴン！　と、どんどんと土壁に囲まれていくさまを内側から呆然と眺めてる。

「宣言もなく、だいぶ暴れてくれたわね」

馬から降りていた派手男を睨む。

顔色を青くしながら私を見上げてくるけど、視線はウロウロ。何度か後方に向けた目線の先には、ヒョロリとした男。

あいつか。

他の兵と同じ格好をしたその男も、私と同じ高さまで、土壁の上に浮かせる。

慌てた奴らが手を伸ばすがもう届かない。男は土壁の高さに動揺したのかワタワタしている。兜を被っているため顔はよく見えない。

まずは。


ズドオオォォォンンンン……！

土壁を一つ内側へと倒した。何人かが潰れる。

ズドオォンン!!　ズドオォンン!!

間髪いれずに順に倒していく。が、高さが五メートルでは中心に空きができるので、交互に壁の高さを変えた。壁が倒れきったとしてもその厚みは三メートル。さすがの鍛えられた馬も助走なしには飛び上がれない。

予測して避けていた奴らも、逃げられずにそれに潰されていく。

「や、やめてくれぇ……」

半分くらいの壁が倒れたところで、私の前に浮く男が弱々しい声を出した。まだ安定したところには降ろさない。

「ああ?　ひとん家を荒らしたくせに、やり返されて文句言うんじゃねぇよ」

ぶるぶると震えながら、それでも私を見上げると。

「こ、ここは、おおお前の、土地ではぁぁ、ないだろぉ!?」

と、のたまった。

ぶちん
「親戚ン家荒らされて黙ってるわけねぇだろがっ!!」

「ヒィイイイッ!?」

もはや家族と思ってる騎馬の民を、シロクロが昔からずっといる場所を、お前なんぞに他人扱いされる謂《いわ》れはないんじゃあああっ!!

ズドォウン!　と最後の壁が勢いよく倒れ、私らの真下にはもう動く敵がいない。見えない。

涙鼻水を撒き散らしズボンも濡らした男が、私を怯えた目で見てくる。

「何でアンタ一人を生かしたか、分かってンでしょうねぇ？」

にっっっこりィ！　としたら、気絶した。

……ふん！

《手間を取らせた……申し訳ない》

《申し訳ない……》

綺麗に回復したシロウとクロウがお座りの姿勢から項垂《うなだ》れる。尻尾もくったりとして、落ち込んでいるのが分かりやすい。

……くっ！　もふもふしたい！

「私もまさかあんたたちがやられるとは思ってなかったから。お互いに油断は禁物だわね」

だから平和って尊くて危険なのね……難しいわ～。

「私たちも申し訳ありませんでした」

ルルドゥの住民も揃って頭を下げる。

「自分たちはこういう時もどうにかできると驕《おご》りがあったようです。白狼《シロウ》様、黒狼《クロウ》様にまで怪我を負わせ、またお嬢様にまでお手数をお掛けしてしまいました」

代表としてルルドゥ首長が謝罪をのべる。そしてタタルゥの首長も。

「初動が遅く、ルルドゥの被害を大きくしてしまいました」

今、タタルゥの住民はルルドゥの土地を立て直すための準備をしている。農具もたくさん壊れたらしいから必要な物はたくさんだ。

「私が出張《でば》るのはいいのよ。とにかく最悪の事態でなくて良かったわ。タタルゥ区の反応も早かった方じゃない?」

本当にマジで。生きていて、女子が襲われる事もなく済んだのは僥倖《ぎょうこう》だった。

だが何人かはトラウマになるかもしれない。

……っとに！　慰謝料ふんだくってやる！

それとは別に、ルルドゥの住民から潰された畑を直すのに、私の魔法を断られた。

今回の戒めとして自分らで耕し直すって。そっか。

「……俺、お嬢だけは敵にしたくねぇわ～」

「俺も」

タイトとマークがそばでぼそりぼそりと言う。何よ今さら?

「なんつーか、大怪我なんだよな～」

ニックさんにそうそう！　と返す二人。だから何なのよ?　と三人の眺める先を振り返ると、土壁に押し潰された幻を見ている敵部隊（馬含む）が唸りながら地面にゴロゴロしていた。

地面に血を吸わせるわけにはいかないでしょ。

怪我もあんたたちに殴られたもの以外ほぼないんだから、私って超優しいでしょうが。

何よ、大怪我って？

恥ずかしいだけで済むんだから、私、ちょー優しいでしょーが！


で。

攻めて来たコイツらの正体は。

カクラマタン帝国、継承権二十五番目の庶子王子御一行様でした。

……二十五番目って……どんだけ子だくさん……ん？　そういえばハスブナル国もそんな感じだったな……え〜？　アーライル国が特殊なの？　王子王女少なすぎ？

帝国はアーライル国よりは魔法が盛んな感じで、王位継承権を狙うためのかっちょいい従魔を手に入れようとし、たまたま聞いた騎馬の国にいる白い狼と黒い狼のセットをこの王子サマは所望したそうだ。

その二頭が並んだ姿は荘厳だ。と熱烈に説明され、はるばるとやって来たんだと。

で。

出会ったシロクロにすでに従魔だからと断られ、腹いせにルルドゥ住民を攻撃。それを庇った二頭をこの際だからと攻撃。

騎馬の民を上手く盾にしながら立ち回られ、シロクロも倒れた。

戦術としては正しい。

敵が正面突破してくる方が稀なこと。

歴戦の戦士だろうと、初めての武器を前にしたら攻めあぐねて戸惑うだろう。

隙を見せたら、その後は早い。

何かあった時、経験した以外の事は想像し難い。

どう動いたらいいいか、その場では戸惑うのが普通だと思う。

想定以上の事はマニュアルも意味がない。

それでも。

非力な人に強力な武器を持たせる事を躊躇する。

馬がいるなら自動車は要らない。

前世の死因がそれだから、無意識レベルでも避けているかもしれない。

馬車ですら死亡事故はある。スケボーだって失敗すれば大怪我をする。

でも車はもっとスピードが出る。率がさらに跳ね上がる。

駄目だ。

いつかの未来だとしても、今はまだ要らない。

ちなみに、ドロードラング製攻撃魔法具はロケットパンチ。

義手義足に仕込んだ、逃げるための手段。攻撃用と銘《めい》うった、目眩《めくら》まし程度の物。

『暗殺に使えるなぁ、コレは』

ヤンさんが言ったか、親方が言ったか。

ゾッとした。

だから威力を最低にした。逃げる隙を作るためだけの物。自爆なんて絶対駄目。

ハスブナル戦での聖水弓矢は、対アンデッド用ですでに誰もが知っている方法。ミシルの力だったからあんなとんでもない物になっただけ。なんだって。

「こりゃあ、ずいぶんと手間の掛かった槍だなぁ！」

実は武器オタクの鍛治班長キム親方が、柄《え》が細切れになった槍を拾い集めて調べてた。顎を手で揉みながらニヤニヤしてる。……わぁ楽しそう。

「この小さい宝石一つ一つに爆発する火魔法が入っていて、刃と連動させて爆発させるんだな。難点は重さか。ま、爆発に耐えなきゃならんしなぁ」

槍を振るうだけでも大変だそうだ。見た目は少し太いかな？　って程度なのにな。あの派手男、意外とやるのか？

「ひひひひひ」

…………キム親方が楽しんでるってことは、エンプツィー様も一緒にやるんだろうな、魔法が絡んでるし……あ〜あ。


そんなわけで。

私は今、教室で一人の生徒にハリセンを向けている。

「おぅコラ、どういうつもりで仕組んでくれたのか全部吐け」

ハリセンの先にいるフィリップ・パスコーは眉間に軽くしわを寄せ、でも無表情を装っている。

睨み合いだ。

「あの、お嬢、いや、ドロードラング先生。ぱ、パスコー君は長期休暇の時も学園寮に残っています。そういうやり取りはできないのでは？」

ウルリ・ユニアックが震えながらも意見してきた。

「まあね。カクラマタン帝国なんて、外国の一貴族の小僧がどうやって繋ぎを取るのよってところなんだけど、今回やらかした庶子王子はもうほぼ冒険者、というよりチンピラよ。繋ぎを取ろうとすれば取れる」

ここは教室だけど、私が騒いだので廊下にも他のクラスのギャラリーがいる。

「あんた、そんなに私を潰したいの？」

ドスを効かせた声にもフィリップの表情は変わらない。

「……なぜ、俺だと分かった……？」

やっと喋ったが声に震えはない。

「そのチンピラ王子がフィリップ・パスコーに教えられたと言うのよ。充分な証拠でしょう？」

少しだけ顎が動いた。嚙みしめた？

「……まあ、そうだな……」

「認めるのね？」

「……仕方ない……」

フィリップは少しだけ息を吐いた。

途端、ガタガタと椅子の動く音が。

「ちょっと待ってよお嬢！」「そうです！　そんな一言だけでは証拠として認められないはずです！」「一年の時はアレだったけど、今は真面目な態度じゃないですか！」

私はフィリップから目を離さない。

「そうだよ！　お嬢にだけは態度最悪だけど！　私らにも優しくないけど！　そういう仕込みをするくらいに頭が良いけど！　フーリィはそんな事しないよっ！」

教室がシン……となった。

……スミィ、それ、フォロー？

フィリップも思ったのか、眉毛が下がり、目が据わる。

「そんな事件を起こすなんて、兄上は嫡男としての自覚がないのですか？」

廊下側から新たな声がした。

フィリップが声の方を向き、また眉間にしわが寄る。

「パトリック……」

学年別に色分けされたスカーフは緑。つまり割り込んで来た男子は一年生だ。弟か。

「ドロードラング様を狙ってわざわざカクラマタン帝国の第二十五王子を使うなんて、外交問題になりますよ？」

うん。庇いに登場したわけではなさそうだ。

「…………そうだな。これで俺に貴族は向いてないと父上も理解しただろう。家に迷惑をかけるまでは想定していなかった。俺の単独行動だ、パスコー家から除籍してもらいたいと父上に伝えてもらえるか？」

パトリックはにんまりと口を歪ませた。

「分かりました。その時が来たらパスコー姓は名乗らないようにお願いしますね」

そうして弟は教室を出て行った。それにつられてか、廊下のギャラリーも少なくなっていく。

「兄弟!?　あれで!?　冷たくな、ふがっ!?」

騒いだスミィの口をミシルが塞いだ。

廊下のギャラリーがいなくなったのを確認して、ハリセンを下ろす。

フィリップは少しだけ俯いている。

「次の当主が彼？　大丈夫なの？　パスコー家は」

フィリップが戸惑いつつ私と視線を合わせた。

「どういう意味……ですか……？」

ふっ。敬語に力がないなぁ。

「成人前とはいえ大胆な事をしでかす行動力と、詰めの甘い作戦に満足しているアタマに、他人《ひと》ん家ながら不安になるのだけど？」

は、と顔色を青くしたフィリップが慌てて席を立つ。

「お！　俺が！　いや、私がやった事です！」

「私、『庶子王子』とは言ったけど『第二十五王子』なんて言ってないわ。出先《でさき》から直《ちょく》で教室に戻っての今なんだけど、何で彼はそれを知っているの？」

フィリップが愕然とした。でも一瞬で持ち直す。

「……私が指示したからです」

「へぇ？　だいたいチンピラに本名を教える貴族なんかいないっつーの。それだけでもあんたがシロの証拠だわ」

「私が！　指示しました!!」

声が大きくなるのは追い込まれていると認めている証拠。

「さっきスミィが言った事、聞いてた？」

また眉間にしわが寄る。

「このクラス《魔法科》の生徒は、私を狙うんだとしても、あんたならバレないようにできるって思ってんの」

ミシルも、男爵っ子ウルリも、商家のテッドだって私を止めるために席を立った。他の子たちだって驚いて困惑してただけ。誰もフィリップを馬鹿になんてしてなかった。

あの弟以外は、誰も。

フィリップが途方に暮れたような顔をした。スミィがこそっと寄って肩を軽く叩くと、ニカッとする彼女を泣きそうに見て、ノロノロと椅子に座った。

「……なんなんだ……このクラスは……」

机に伏せ、手で顔を隠す。

こじれてるなぁ。

ま、犯人が確定したから私的にはミッション終了です。

はい、と、テッドがそろそろと手をあげる。

ん？

「今ので誰が首謀者かは何となくわかりましたが……パスコ、フィリップ君はどうなるんですか？」

さっきの弟と区別するためか、テッドはフィリップと言い直した。

「が、外交問題になるんですか？」

ウルリも手を上げながら発言。

「外交問題にはならないわよ？　もうカクラマタン帝国に申し立てはしてきたの。そしたらその王子様は王家とも帝国とも縁は切ってあるって、今さら立派な従魔を従えようが継承権はないって証書をもらって来たわ」

マークが筒状に丸まっていた証書を開いて生徒たちに見せる。

まあ、カクラマタン帝国の判が押されていても生徒の誰も確かめようがないけども、国の上層部は知っている。

かくかくしかじかと、国王、宰相に外交問題にならないように証書をもらったと言ったら「もうイヤ……」と国王はうなだれ、判の確認をした宰相からは「ならば好きにして良し！」とサムズアップされた。

「というわけで、チンピラ王子御一行はドロードラング預かりで、騎馬の国での強制労働に従事してもらうことになりましたー」

呆然とする生徒たち。

そうなの、ほとんどの事はもう決定済みだったのよ。ただ、フィリップ・パスコーの名前をわざわざ出して来たから、その理由を知りたかっただけ。

……だったんだけど……ちょっと、申し訳ない気はする。

「何か、貧乏くじを引かせたみたいね。今後の事は相談に乗るわ」

すると、フィリップは少しすっきりしたような感じで顔を上げた。

「いえ。ずっと貴族籍を抜けたいと思っていたので構いません」

「え？　そうなの？」

なぜかスミィが驚き、フィリップは苦笑した。

「俺は、パスコー家の嫡男となっていますが、実は庶子です」

教室は大騒ぎになった。そんなに驚かれるとは思ってなかったのか、戸惑うフィリップが面白い。

続きを促してみた。

「パスコー伯の正妻よりも先に、侍女であった母は俺を身籠《みごも》りました」

残念ながらこういうスキャンダルはそこそこある。後継ぎを持つ事が貴族の義務でもあるので、もしもの時の保険だ。愛人を持つ貴族が本気で保険と思ってるかは疑問だけど。

「母は侍女を辞めて、別に部屋を借りて囲われていましたが、俺が5才の時に魔法を使える事がわかりました。父の魔力はごく少量で、魔法使いを目指す事はできず、だから、とても喜びました

……母も喜んでいたと思います」

問題は、のちに産まれた正妻との子供には魔力がなかったこと。

その事で魔力のあるフィリップを嫡子にするとパスコー伯は宣言し、フィリップ母子《おやこ》を屋敷に引き入れてしまった。

男児を産んで順風満帆だった正妻は怒り狂い、元侍女であった母を虐めぬいた。

兄弟ができて喜んだ当時3才の弟は、実母である正妻の影響でフィリップを嫌いだした。

そうして体を壊した母はそのまま亡くなり、正妻はやっと少し落ち着いた。

しかし弟の態度は変わらず、年を経る毎にフィリップを追い落とす事に熱中しだした。

「母が死んでも、父は俺を除籍しようとはしなかった。育つにつれ、俺の方が父に見た目が似てきた事も弟は気に食わなかったようです……何でも反発されました……」

俺が俺である限り、弟と正妻は何も認めようとはしない。

父も魔力があるだけで勉強ができるだけでいいと言う。

屋敷の使用人もずっと腫れ物扱いをする。

フィリップの目が暗くなっていく。

「育ててもらった恩はなくはないが、それを返す義理はないと思ってる」

シン……となった教室に、ウルリの声が。

「じ、じゃあ、君は、何も悪くないじゃないか。なぜさっき、弟の言い分を聞いたの?」

ウルリの方を虚ろな目で見るフィリップ。口は微かに笑っていた。

「もういいかと思ったからだ。これで家を出られるなら良し……生きて出られなくても、もういい……」

そしてフィリップは私を真っ直ぐ見る。

「素行が悪ければ、見栄を張りたがる父が弟に家督を移す気になると思いました。ドロードラング先生にはご迷惑をお掛けしました」

立ち上がったフィリップが頭を下げる。

「皆にも、迷惑を掛けた。申し訳ない」

クラスメイトにも頭を下げた。

「いや、実際私らへなちょこだし、そういう事ならお嬢が一番やられてたもんね。フーリィは嫌味は言うけどいじめはしなかったし、迷惑ってほどの事はなかったよ。ね？」

スミィがクラスを見渡すと、ほとんどの生徒は頷いた。三年目ともなれば分かるのだろうか。クラス替えもないしね。

「ふふ。そういう意味じゃ、あんたも詰めが甘かったわね？」

頭を下げたままのフィリップから、ちょっとだけ洟《はな》をすする音が聞こえた。

「にしても、ずいぶんとスミィはフィリップをかばったわね？」

「だって、花を見て優しく微笑む人って結局のところ悪い事ができないと思うんだー」

「ぶっ!?」

フィリップからちょっと皆の目線を逸らそうとしたら爆弾発言キターーッ！　フィリップが噴いて咳き込んでる。

……うわ、なんか失敗したわゴメ～ン。教室も微妙な空気に。

「ス、スミィはそれをいつ見たの？」

もう掘り下げるしかないし、どんな事があったのか知りたくて聞いてみる。

「一年生の時の夏休みだよ、家《うち》から学園に向かう途中で。うちは遠いからさ、馬車代をケチるのにパスコー領までは歩くんだ。そのパスコー領に入った所の空き地？　畑になってない所で花を咲かせてたフーリィを見かけたの。お嬢までとはいかないけど、けっこう広い範囲に花を咲かせてたよ。土魔法を一人でも練習してるフーリィはやっぱスゴいんだと思った」

何ですと!?　花を！

フィリップを見ればもう席につくどころではなく、席の脇にうずくまっている。

「本当に!?　フィリップ君は土魔法もできるの！　スゴい！　ちょっとコツを教えて欲しいのだけど！」

土魔法の強化をしたいウルリが興奮して立ち上がる。合宿ではタイトという青鬼がそばにいるからね、早く使いこなしたいよね。

「いやちょっと待って！　花を咲かせられるのなら、もし放逐された場合うちで働かないかい？衣食住は保証するよ！」

商家の子テッドも立ち上がる。何でも商売にしようとするのはスゴいよ、ほんと。

「いいえ！　フィリップは文官としても有能のはずよ。うちで執事見習いとなればいいのですわ！」

お久しぶりのノーコンお嬢様、オフィーリア・オーデッツ伯爵令嬢も立ち上がる。このお嬢さんが私に歯向かうのは一年生のうちに収まった。実力の差を思い知ったんだろうし、けっこうドロードラングランドに遊びに来てくれているのだ。向こうが避けているのか、ランドではあまり会わないんだけどね。ツンだツン。

「え、貴族の家で働くの～?」

スミィがうへぇという顔で聞くと、オフィーリアは鼻を鳴らした。おい令嬢。

「貴族を隠すなら貴族よ！　それに執事服が似合うと思うわ！」

オイ令嬢！　理由！　まあ似合うだろうね～なんて女子はだいたいが頷いてる。モテモテか。

「良かったね？　フィリップ」

「……よくない……」

わっはっは。声が小さいぞ～。

「でも、ええと、パスコー家にお咎めはないの？　フィリップ君が貴族じゃなくなるだけで本当に大丈夫?」

ミシルがおずおずと確認した事で、また教室に緊張が走る。

「じゃあ、僕から説明を」

と、アンディが私の隣に現れた。おわっ!?

うずくまっていたフィリップが慌てて直立する。

教室にいた全員が立ち上がった。

「今回の事は自称カクラマタン帝国の王子と名乗る冒険者が騎馬の国で暴れたのを、友人であるドロードラング伯爵が騎馬の国の国民を手伝って収めた。この冒険者がカクラマタン帝国とは関係ないと証明されたので、かの国が動く事はない。なので、アーライル国も動く理由はない。国としての理由がないことから、冒険者の処遇はドロードラング伯爵及び騎馬の国に一任する。その事からパスコー伯爵家については不問とする」

教室がざわめく。ふむ。まあ不問でもいいし。

「ただし、フィリップ・パスコーの自供を鑑みて、それについての罰を下す事にした。フィリップ・パスコーの貴族籍剝奪。パスコー家についてはこれ一点のみとする」

「はい！　犯人はフィリップの弟です！　フィリップが貴族を辞める事はないと思います！」

さらにざわめいた教室にスミィの声が通る。

アンディはそうかもね、と微笑んだ。

「でも家を出たいんでしょ？　囲われないようにそうするだけだよ」

フィリップの目が見開かれる。

「正直、今アーライル国は貴族の数がギリギリでね。国の害にならなければ小さな事は不問とするとしている。損害があったのは騎馬の国で、その分の補填はその冒険者自身がする事になったからね。今のところはの不問ね」

だけどサレスティアに関わったからねぇ、と続けたアンディに、生徒たちは瞬間的に顔色が青くなった。

「この先後継不足で落ちぶれるのは構わないし、そこから自力で立て直しもできない貴族なら、むしろ断絶してくれて構わないんだよね。ハハハ」

目が！　笑ってないんだけど!?

「まあ、フィリップ君の手続きは僕の方でパスコー家にもしておくから今後の事はじっくり考えて。平民になっても学園までは辞めなくていいから、卒業まではのんびりするといいよ」

あ、ちゃんと笑った。良かった。

「僕個人としては、学園で君がサレスティアを困らせた事は知っているからね。君が単独で困らせていた事は調べがついているからパスコー家以外に何のしがらみもない。成長促進の魔法を使えるみたいだし、卒業後はドロードラング領で更生する事になったと言っておくね」

そうしてアンディは教室を凍りつかせたまま仕事に戻って行った。

ええ〜、あの、ちょっと、この空気、どうしたら……

「……ドロードラング領で更生って……どんな大罪扱いなの……」

ミシルがぽつりと言うと、生徒たちはザッとフィリップを見つめ、すぐに私の方をまたザッと揃って見てきた。おおう。

「いや、本人《アンディ》的には冗談だと思う、よ……？」

「絶対ウソ!!」「あれは九割以上本気だよ!!」「あんな怖い目力《めぢから》で冗談を言う人なんて見たことない!!」「お嬢の目が泳ぎ過ぎでしょ!?　こっちが不安になるわ!!」「フィリップは本当に大丈夫なの!?」

この言われよう……アンディごめんね、フォローできなかった……

「ま、まあとりあえずこれで一件落着じゃない？　アンディがああ言ったからには一年くらいはドロードラング領に来てもらう事になるわ。その後はそれから考えよう」

あの、と、フィリップが言った。ん？

「ドロードラング領で働けるなら、芸人として、一座に入れてもらえませんか？」

え。

「「「「なんで!?」」」」

普通は貴族が芸人になりたいなんてあり得ない。だから私は領民にすら変人令嬢と言われるのだ。私よりはるかに貴族としてのプライドが高そうなフィリップが、芸人!?

「罰、というつもりで芸人になりたいというなら怒るわよ」

それだけ、私たちは芸をする事にプライドがある。

「違います」

フィリップはまっすぐ私を見る。そして、ほんの少し揺らいだ。

「……昔、もっと小さい頃、イズリール国に旅行に行きました。そこで旅芸人の一座がたくさんの花を咲かせたのを、母がとても喜びました。魔法が使えるとわかってから、俺は、ずっとその練習をしていました」

……見せることは、できませんでしたが……と、フィリップは少し俯く。

「せめて、母が喜んだように、誰かを喜ばせたい……こんな、疎まれた自分でも、誰かを喜ばせられると、自分で認めたい……」

ああ。そうか。あんたの自尊心は、義理の家族にそれだけベッコベコにされたのね……

フィリップの前に右手を出した。

「やる気のある人は大歓迎よ。卒業後に即戦力として使うから今日から放課後練習に出なさいね」

快諾されると思っていなかったのか、フィリップはおずおずと右手を動かす。

それを、摑む。

「鍛えるのは得意なの。覚悟しなさいよ」

あんたのお母さんが、あんたを誇っていたと、あんた自身が思えるまで、ドロードラング領が付き合うよ。

握手をしたままフィリップが頭を下げる。

「よろしくお願いします！」

「あーあ、馬車馬のように働かされるのがまた一人……」

うっさいマーク！

エンプツィー様付きの助手以上にブラックな仕事なんて、ドロードラング領ではないからね！

おまけSS

《このような夜更けに済まぬな、クラウス》
「とんでもない。月見酒をご一緒できて光栄です」
そしてクラウスは瓶からコップに蜂蜜酒を注ぎ、その一つを玄武の近くに置く。
玄武は瞳だけで月を見上げ、酒の注がれる音を聞きつつ、漂う香りを楽しむ。
《ああ……ふふ、そうだな。お、今宵の酒はいつもと違うな》
「分かりますか？　亀様に献上する前に試作したものを、ニックがくすねて忘れ去っていたものです」
《ふ！　そうか、それは貴重だ。ふむ。悪くない》
ふふふと穏やかに笑う玄武に同意しながら、クラウスもコップに口を付ける。奇跡的に旨くできているのは試し済み。料理長ハンクがびくびくしているニックを睨み付けたのが面白かったと思いつつ。

《恋愛相談と言われてもな、我にはどうすることもできぬ》

少しげっそりした声に、最強四神でも困る事があるのだとクラウスは和んだ。

だからこそ慕われるのを、最強の魔物はまだ分かっていない。

「どうしたらいい？　と聞きはしますが、答えは本人がすでに決めていますしね」

《そうなのだ。ならば何故我に聞きにくるのか、不思議でならぬ》

謎を解こうとしているのか、ただの愚痴なのか。そして玄武は結局、人とは面白いと最後には笑う。

《結婚式での縁結びは構わぬが、その前段階は、若ければ心移りもあるし、少し困っている。『両想いになるという願い』を叶えることはできぬのだがなぁ》

「後一押しが欲しい時は、神頼みをしてしまいますよ」

クラウスでもかと玄武は静かに笑う。

「……ドロードラング領は、豊かになりました」

月を見上げるクラウスを、玄武は不思議そうに見つめた。

「やれる事が尽きて、何度も神頼みをした時は何の助けもなく、ゆるやかに、滅びを受け入れる覚悟をしました」

クラウスの昔語りは、つい十年ほど前の事。
玄武がドロードラング領を見てきた中に、クラウスの言う風景はない。
神の力は強大過ぎてそうそう振る舞われる事はない。
神を知る者として、ほんの少し申し訳ない気にはなったが、神とはそういうものだ。
しかし人は、神を拠り所にしながらも独自に生活できている。
《……そうだな。王都とも、他の領地とも違うが、豊かだ》
興行に付いてたくさんの地域を見た。その中でもやはりドロードラング領は別である。
「お嬢様のおかげです」
おかげと言いながら、クラウスの目は揺らぐ。
クラウスが何を言いたいのか、玄武は待った。
「お嬢様は……何かを作る時、『確かこうだったはず』とよく呟きます」
王都に移るのを見送ったのはサレスティアが2才の時。そして領地に戻ったのは5才。
領民は生きるか死ぬかの瀬戸際で、誰もが冷静ではなかった。
あっさりと受け入れられたそれは、本来ならあり得ない事。
「お嬢様の知識は、異常です」
年齢的にももちろんだが、国内にない技術を当たり前のように再現できるのは何故か。
《ジェットコースターは、どの国の客も驚くな》

「はい。スケボーも九九もそうです。エレベーターもイヤーカフも」

料理も。5才の子が、しかも貴族の子が、危なげなくナイフを使いスープを仕上げる事ができるのだろうか。帳簿もあっという間に覚え、何より計算が正確だった。5才の子が。

騎馬の国で初めて見たコメの食べ方を知っていたのは？

セン・リュ・ウル国のショーユの使い方。ミシルの村に行った時、切ってあったとはいえ生の魚をあっさりと口に入れたのは。

黒魔法も。

そうと知って、それを生活に根ざした使い方にできるだろうか。

だが、しかし。

サレスティアがそうでなければ、クラウスが今ここにいる事はなかった。クラウスだけではない。ドロードラングの住民は誰一人生き残る事はできなかっただろう。

玄武が目覚めた時に、アーライル国もなくなっていただろう。

ミシルも今ほど元気に生きてはいなかっただろうし、朱雀《すざく》が囚われたハスブナル国も地図から消える事になっただろう。

サレスティアがいなければ、なくなっていたものがたくさんある。

自領を富ませる知識がありながら、それを最低限に抑える。

周りに合わせ、周りの領と共に発展する事を重要視する。

考えれば考える程にサレスティアとは何者だろうと思う。
《『界渡り』という現象がある》
クラウスの疑問を静かに聞いていた玄武が、ぽつりと言った。
神に聞いた事があるだけで、実際に見た事はないと前置きをして。
《別の次元の世界から何らかの弾みでこちらに来る、又は行くらしい……分かるか？》
「別の次元の世界……死後に向かうという天国や地獄のようなものでしょうか？」
《それとはまた違うのだが、概ねはそのようなものだ。体ごとだったり、魂だけだったり、となるそうだ》
「魂だけ……という事は……お嬢様は、別人である、と？」
《その可能性はあると言える》
サリオンを領地に引き取った時、サリオンに何らかの気配が入っていると伝えた時に、サレスティアは「私と似てる？」と玄武に聞いてきた。
その時はサリオンとの血の繋がりを指していると思ったが、クラウスの疑問を聞くに、別世界から来たのかという事だったのだろう。
クラウスも玄武も、どちらからともなく月の光を眺めた。
昼の太陽、夜の月。
いつでも照らすもの。

そこからただ一人を連想する者は、ドロードラング領にはたくさんいる。

《そうだとしたら、どうする？》

玄武の楽しげな問いにクラウスは、コップの底の酒を呷《あお》った。

「今まで通り、尽くします」

穏やかに決意表明をしたクラウスを、玄武は好ましく思う。

「あのお嬢様だからこそ、尽くす甲斐があるというものです」

瓶に残った最後の酒を半分玄武のコップへ注《つ》ぎ足す。そして自分のへも。

《そうだな。あのサレスティアだからこそ、我の愛し子だ》

クラウスが長く疑問に思っていた事の正しい答えは、玄武にも分からなかった。

それでも、これからのする事は変わらない。

それを確かめられただけでクラウスは安堵できた。

「お嬢様が無事に成人を迎え、アンドレイ様との婚礼姿を見るのが楽しみです」

好々爺の顔になったクラウスに、玄武もゆるむ。

ドロードラング全体がどことなくソワソワしているのを感じている玄武は、どんな結婚式になるかと楽しみにしている。

《もうすぐだな》

「はい。お嬢様のお子をこの目で見るまでは元気でいたいものです」

現在でも領内無双中であるクラウスにその心配はなさそうだが、もし誰かが体調を崩す事があれば助けようと、玄武は密かに決めた。

「その頃にはサリオン様も成人間近でしょうし、その人事変更もありますし、領地の畑作部分の編成もあるかもしれませんし、新しい事業をいくつか始めているかもしれません」

《……忙しいな》

サレスティアの子供を見る以外にもあるだろう事柄に、玄武は少しだけ呆れた。

「ええ。死ぬまでこき使われる気でいますから」

微笑むクラウスに、玄武も笑ったのだった。

二話　なんだか忙しいです。

うう、しんどい……

他人《ひと》の着付けを見るのは楽しいんだけど、自分でも楽しい気持ちはあるんだけど。

朝一《あさいち》から昼手前まで立ちっぱなしって酷くないですか!?

「夏休みですから時間はたっぷりありますしね。倒れても大丈夫ですから、もう少し頑張って下さい」

……にっこにこのカシーナさん。倒れるの前提ですね！　イエスマム！

「ホラ、お昼はたらふく用意してあるからもう少し頑張りなお嬢」

洗濯の時間も終わったのでケリーさんたちも服飾棟に来ている。お昼ごは〜ん！

「ここにはこのレースを付けたら合うのじゃないかしら？」

騎士団長夫人マミリス様。

「あら素敵、良いわね」

ラトルジン侯爵夫人。

「私はここのフリルを増やしたいわ。フワリとしたのがサレスティアには合うと思う」

ステファニア王妃。

「わかります！　できれば髪もまとめずにいたいですわ」

アンディ母、マルディナ様。

………おかしくない？　いくら王子との結婚が決まっているとはいえ、私のウェディングドレスのデザインをするメンバーがおかしくない!?

王妃までが公務の合間に口出しに来るって、おかしくない!?

「だって王都での王家の結婚式はドレスが選べないのよ。お色直しだってデザインは固定だもの。それが栄華の象徴と言われたら変えるわけにはいかないわ」

お昼休憩。

……はい。恐ろしい事に、休憩です。午前で終わるはずだったのに！　しないはずだったお色直しまで奥方たちの要望でする事になって！

なぜに私の意見は黙殺？

ステファニア様、自分は選べなかったからって私でする事なくない？

「王都での成婚パレードは第二王子までと決まっているから、シュナイルたちの衣装ももう固定なのよ」

一の側妃パメラ様（シュナイル様母）が苦笑しながら教えてくれる。

シュナイル殿下妃になるクリスティアーナ様はスラリとした方なので、マーメイドドレスとかめっちゃ似合いそうなのに……

「私たちは自分たちで選べましたけど、王のデザインはやはり同じなので、あまり華美にはしませんでしたわ」

エリザベス姫母、二の側妃オリビア様が三の側妃マルディナ様（アンディ母）と顔を見合わせ苦笑する。

「「「だからもう、結婚式用のドレスをデザインできると思うと楽しくて!!」」」

……ロイヤルな奥様たちがキャイキャイしてる……ウェディングドレスって凄い……あ！

「そうだ！　エリザベス姫様のドレスをデザインしましょうよ！」

子爵家の三男という庶民に近いところへ嫁ぐけど、「姫」だもん、派手にしたっていいじゃない？

「エリザベスは降嫁先での挙式になるわ。ドレスだけ派手にしたって相手との兼ね合いがあるでしょう」

王妃のカウンター・右ストレート。いやちょっと待ってよ。姫を派手にしないのに私はＯＫな意味が分からないっての！　オリビア様！　娘の事だよ！　頑張ってーっ！

くっ、何か、私から意識を逸らせる何かを、あ！

「じゃあ、あれですよ、え～と、王妃様なら成婚二十周年祝いとして、ご自身のウェディングドレスを作られたらいかがです？」

「馬鹿ねサレスティア。初々しい年頃に着るから可愛いのよ。こんなおばさんが着てどうするの」

王妃のカウンター・一刀両断。自称おばさんでもいい体してるじゃん！　くそ！　まだまだーっ！

「そこはデザインのしどころじゃないですか。夜会用のドレスでも純白になるだけで印象が変わるものがありますよ」

ぽかんとする奥方たちは顔を見合わせた。

うむ、良いこと言った私！　このまま自分らのドレスデザインにシフトチェンジしてくだ、

「申し訳ありませんが、製作はお嬢様のドレスを最優先にさせていただきます」

カシーナさーーん！　早いよーーっ!?

「ならやっぱりサレスティアのドレスを決めてしまわないとね」

うわあああああん!!

…………ほんと、疲れた……あ～……


『はは！　災難だったね』

「アンディさん、他人事《ひとごと》ですか」

執務室です。

よくよく考えれば採寸はもうしてあるんだから、レースやらフリルやらは私がいなくてもいいわけで。

ようやく釈放されたので領主の仕事をしに来ました。

あー、インクの匂いになんかホッとするわ～。

そして現在アンディにちょっと愚痴り中。妃たちが皆ドロードラング領に行ったと聞いて連絡をくれたのだ。もちろんアンディは仕事中なのでちょっとだけ。

『だって、母上からお嬢を可愛くしてあげるなんて言われたら任せるしかないよね』

女親には勝てませんか、そーですか。

まあね～、皆が楽しそうだから正直もうどーでもいい感はある。

『ま、僕が一番お嬢を可愛くできると思うけど「ぶふぁっ!?」……ふふっ、今回は母上たちに譲るよ』

執務室にいる面々が私を振り返り、そしてニヤリニヤニヤとして仕事に戻る。いや皆には聞かれていないはず。うう、顔が熱い。

「たち」って、カシーナさんを始めとしたドロードラング領のお母さんたちも含んでるのが分かる。

アンディめ、今日も良い男だよ！

「書類の書き直しはありますか？」

通信を終えるとルイスさんが聞いてきた。大丈夫だよ！　噴いた時に横を向いたから書類に唾《つば》は飛んでません！

うん、慣れってスゴいね。首が少し太くなった気がするし。誰からも指摘されないから自分で思うよりは太くないんだろうけども。

あ。

「ていうか！　一番近い年明けの結婚てシュナイル様じゃん！　その後にエリザベス様と私たちじゃん！　今、寸法を計っても着るのは一年後じゃん！　無駄じゃん！」

「あははは！　今気付いたんですか？　遅っ！」

ルイスさんが大笑い。遠慮ない！

執務室にいる皆の肩が震えてる。サリオン以外の事にはだいたいクールなクインさんすら口を手で隠してる！

マジか何で気付かなかった私!?

思わず机に突っ伏した。大事なことじゃん、も～っ、も～～っ！

足をじたばたさせると、とうとう皆が声を出して笑いだした。

「いいじゃないですか、それだけ楽しみにしてるんですよ……ぶ！　あははは!!」

ルイスさーん！

「そうですよ。皆がお嬢様の晴れの日をいまかいまかと待っているのです……ぶふっ！」

クラウスーーっ!?

そしてガサゴソと音のする方を見れば、クインさんが何やら紙を開いている。紙？　それを覗き込む面々。

……ああ!?

「またか!?　今度は何に賭けて誰が勝った!?」

嘘衣装合わせにいつ気づく？

と題した賭け事の勝者は、昼食後午後イチに賭けていた細工師ネリアさんと薬草班長チムリさんでした。

ちなみにカシーナさんや奥方、お母さんたちは昼食の最中を予想。ルイスさん、クインさんたち執務組は衣装合わせ開始時。

一番ひどいのはマークとタイトとコムジの、学園に戻ってから、だった。

んなわけあるかぁぁぁっ!?


合宿最終日は生徒たちを送った後にミシルの村へ。

「あはは！　おつかれさま～」

「ほんと笑い事だよ～、自分でびっくりしたわ～」

今年は合宿に参加しないで故郷で過ごしたミシルに話を聞いてもらい、明日の漁で使う網の片付けを手伝ってるところ。

青龍は仕事を終えた子供たちと遊んでいる。

「お嬢自身がそれだけ結婚を楽しみにしてるって事なんじゃない？　私は嬉しいよ」

にっこりミシルにまた恥ずかしくなる。

だってさ、なんか、結婚てさ、いまいち実感がないんだよね。初心者なんで。

デートはするけど、キ、キスは、おでことか指先だから、なんかプラトニック？　な感じで、少しだけ物足りなくて、でもそれ以上にとても安心できる。

恋愛初心者なんで！　アンディのグイグイ来ない男前ぶりにいつもとても助かってます！

そうでなくてもアンディは王子だし、私は領主だしで仕事をおろそかにはできない。

「その事で我が儘とか言わないの？」

舟に網を置いたミシルが振り向き、私が持っていた網を受け取って同じところに置く。

我が儘？

「仕事してるアンディって格好いいから仕事してもらって全然かまわないなー」

「……はいはい」

あれ？　なんで呆れ声？

「でもさ、ドロードラング領の皆が今からそんなだったら、結婚記念日とか毎年新しいドレス作っちゃうんじゃない？」

……やりそう。

「うわ！　そんな無駄なことさせられない！」

「あはは！　無駄なんて言ったら怒られるよ～」

「あのドレス一着で何が買えるかと思うと怒られて止めるよ！」

その年の流行や好みだって取り入れるからお下がりなんてできないし。最後にはどこかに寄付すればいいって言ったって、最初から子供服にしてしまった方がたくさん作れる。もったいない！

その分お客さんのドレスを作って売って利益にした方がいい。

ミシルは苦笑するけど。

「そんな大事なドレス、処分なんかできなくなっちゃうもん」

それが一番困る。一緒に埋められたってあの世には持って行けないんだよー！

と、ミシルに抱きつかれた。

「お嬢って、時々言葉を間違えるよね！」

え？　何？　笑ってんの？　怒ってんの？　どっち？

相談があるのと、ミシルに請われて村長のお家にお邪魔すると、そこには村の運営をしている中心メンバーも揃っていた。

「地下迷宮《ダンジョン》?」

「そう。うちの村近辺もこれっていう特産品がないでしょ? 今はこうしてドロードラング領が関わってるから何とかなり始めた感じだけど……」

前村長のシュウさんが言っていた『竜神祭』もどうしたらいいかわからない。青龍はそれに乗り気だけど四神でしょ? 青龍には悪いんだけど、正直もて余してるの。

とミシルの説明は続いた。

新しい村長さんもミシルに頷く。青龍もタツノオトシゴ姿で頷きながらちまっとゴザでできた座布団に乗っている。

「『青龍』を前面に出すにはちょっと問題がありそうだから、他にドロードラング領のように何か、国として集客できる物を造った方がいいかと国王にお伺いをしてみたの」

お茶を噴いた。はあ!? 国王!? 一足飛びにも程がある!

「もちろん村ちょ、シュウさんが旅立つ時に手続きをしてくれてて、その返事がこの間届いたのね。私今年はドロードラング合宿に参加しなかったでしょ? ちょうど私が帰った日だったから村長と一緒に行って来たの」

青龍も一緒に行ったその謁見は兵士にがっつり囲まれたものだったそう。……ですよね。

こんな仰々しい事になって済まないな、とまず最初に国王は言ったらしい。まー、四神相手じゃ全然足りないけど、先にそう言うなんてまずまずの好印象である。

国王としても、国をあげての事業はやってみたいところで模索中だったとか。青龍の協力もあるということで、地下迷宮《ダンジョン》はどうだろうかとなった。

「話には聞くけど、地下迷宮《ダンジョン》なんてヒズル国《うち》にはないし、アーライル国にもないからどこか近いところのダンジョンを見学に行くことになったの。だから新学期は遅れるかもしれないえ。地下迷宮《ダンジョン》て遠足気分で行くところだったたっけ？

「大丈夫？　ついて行くよ？」

「ありがとう！　お嬢ならそう言ってくれると思った、ふふっ。でも青龍もいるし、国王様が何人か一緒に行く人を手配してくれるって」

ああそっか、国をあげてだもんね。青龍もいるなら大抵の事は大丈夫か。見ればタツノオトシゴが頷いている。

「お嬢は行った事はある？」

ないのよね～。でも興味はある。実はドロードラングランドのお化け屋敷が失敗した時に一度考えた。

前世でゲームもほぼしなかった私が知ってるのは兄と弟のおかげ。

廃屋や山脈、沼地などと、その世界の至るところにあるゲームポイント。レアなアイテムを探す。その最終階層にいるボスを倒す。ただのレベル上げの場所。色んな目的で点在していて、何階層にもなっていて、もちろんモンスターもたくさん存在し、倒しながらその迷宮を最後まで進むと攻略済みと判定される。

アスレチックあり、クイズありと、力業と宝探し以外にもわりとバラエティーに富んだ場所。兄の後ろから眺めてても、地下のあのおどろおどろしい音楽はちょっと怖かったけど。

ゲームではモンスターを倒せば無条件にお金が手に入る。実際はそんな事はないので、まずそこで旨味のひとつが消える。換金するにも手間がかかる。

ゲームではレアなアイテムが隠されていたけど、実際はやっぱりそんな事はない。昔のすっごい魔法使いが引きこもっていたといわれたところには書物があったり、盗賊の隠れ家だったりしたところにはお宝が有りだけど、それがなくなってしまえばそこはもう旨味がない。

何でそこから魔物がひっきりなしに現れるかといえば、その解明もいまいち。魔物が多く生息する場所に多くのダンジョンがあるということは、普通に「巣」なだけではないだろうか？

いくら亀様の協力があるからって、ドロードラング領内にそんな謎な物をわざわざ造る意味もないと気付いた。

そうなると、地下アスレチックに特化すれば？　というところだけど、地下である必要なくね？

それに、ダンジョン内で手に入れられる宝物《アイテム》をこっちで準備するのが面倒だと思っちゃったんだよね。

それだったらお土産として買ってもらった方がいいやってね。

トレーニング目的なら宝は要らないのではって意見もあったけど、トレーニング目的なら領民の通常訓練に入ってもらえばいい。

そういう訳でドロードラング領では地下迷宮《ダンジョン》企画はなしになったのであった。

「宝物か……それは国王様も言ってたんだよね……う～ん、お嬢が諦めたなら難しいかな～……」

「やっぱ冒険には宝物が付き物だよね……」

「最後までたどり着いたら、ドロードラングランド宿泊券とか考えてたんだけど……ダメ？」

「それはいいけど、命がけで手に入れた物が宿泊券って、気分乗る？」

ミシルの眉毛が下がり、その場にいた皆から唸り声が。

「ヒズル国でもドロードラングは噂にはなってるよ。行った事のある人はまだいないみたいだけど」

「いや、遊園地とかよりも、お金に直結した物がいいと思うんだよね」

皆も頷く。

「やっぱり？　国王様も同じ理由で迷っているって。だから予算が組めそうな物か、とりあえず本物を見てみようってなったの」

ダメ元か。それなら私も行ってみたいな。元傭兵のニックさんやルイスさんから聞いてダンジョン造りを諦めたけど、今後のドロードラングランドに活かせる何かがあるかもしれないし、ミシルの村が良くなるなら手伝いたい。

「もし造るなら海底神殿みたいにしたいな～なんて、エヘヘ」

学園では本をよく読むミシルが少し頬を赤くする。

お！　そっか！　それなら竜宮城もありじゃない？　せっかくの島国だし、海は活かしたいよね～！　海、海！

「あ……」

「ん？」

うわ……自分で思いついておいてアレだけど、これはどうかな～……

「何か思いついたの？」

「うん……ねえ？　ヒズル国の露出についての基準てどんな感じ？」

ミシルだけじゃなくて、その場にいた皆の目が丸くなった。


そうして。昼は海辺で水遊び、夜は花火大会という企画を出すことに。

ドロードラング産の水着のお披露目は、ミシルの国、ヒズル国でとなりました。

よくよく考えれば、水に入っても大丈夫なように丈夫にすれば良かっただけの水着。ドロードラング領では川遊びを禁止してはいないけど、そんなに長い時間は遊ばない。暑かったら少し涼んでまた畑仕事に行くという状態なので、あまり「遊び」のカテゴリーには入らないよう。

この理由でプール造り案はなくなったのであった。むぅ。

女子の水着をビキニタイプにすれば流行りそうな気がしたので一応は作ってもらった。で、まずは女子に見せたら「そんな下着みたいなもの無理!!」と大騒ぎ。まあね～生地をケチる目的もあったからね～。

なので、ワンピース＋パレオのデザインにしてみたところ、こちらはパレオが良かったのか好評。

男子はサーフパンツタイプ一択。穿き心地以外の意見は要らん。

下着みたいな水着を作るより、可愛い下着を開発した方がいいという服飾班の意見に納得したのもある。

「これ、乾くのが速くていいなぁ！」

漁師たちの使用感はまずまずのよう。よっしゃ。スパイダーシルク万能だな！

仕事するには裾が邪魔みたいなので遊び用ではあるけども、泳ぐのには見た目より楽だと太鼓判。

水泳大会とかもいいんでない？

そして、水着を着た女子を見る男たちの目が予想通りだったので、しばらくは男女を分けたプライベートビーチみたいにする予定。風呂じゃないから覗かれても問題は小さいとは思うけど、慣れるまでね。

で。なんとなんと！　ヒズル国王自ら試着してくれて、御一家で遊んでくれたんだって。

で。要人は家族ごとに区切るようにしようと言ったとか。

やはり奥さんや可愛い娘の肌は他の男の目にはあまり触れさせたくないというのが理由。やっぱそうなるか。

あとは海水浴は期間限定にする。

ヒズル国は日本に近い気候らしいので、時期がくれば海にはクラゲが出る。こっちのクラゲは食べても美味しいらしいが、その中を泳ぐには邪魔だし、刺してくるのでやっぱり危険。青龍に頼めば解決するけど、運営は人の手でした方がいいし、何より期間限定の方が集客は楽だし、一年毎日忙しいと参ってしまう。

他の時期に農作業をするのはどこの国も同じだし、それに地元の食材というのは結構な価値がある。

だからご当地フェアが流行るのよ！

ドロードラングでの花火は私の魔法がほとんどだけど、普通に火薬の花火も存在する。夜の花火は少なく、昼にめでたい事がある時には音だけのものを打ち上げる。ルーベンス殿下とビアンカ様の結婚パレードの時がそうだ。

こういう花火の需要が増えれば、戦争に使う火薬が減るかなとは思う。逆に火薬を集め過ぎているとヒズル国が言われるのも良くない。なので魔法使いの手も使うことになった。

ここら辺の事情には私はもう関わってはいないが、リゾート案を出したので相談役みたいなことになった。

「ダンジョンを抜けたら水着美女がたくさん！　っていう企画を!!」

な～んて案がドロードラングの男たちから出たけど、そんな煩悩竜宮城造るわけないでしょ！


夏休みの最終日。学園の教職室には教師、用務員が揃って、明日の始業日の準備の確認をするだけの日。

なんだけど。

「え、私、卒業できるのですか？」

「はい。もちろん助手としてそのまま残ってくれると大助かりですが、ドロードラングさんの入学は記録されてますからね、学園を卒業はしておくようにと国王から指示されました」

穏やかに学園長が笑った。

教職室での朝礼後、私だけが学園長席にお呼ばれ。何事かと思ったら。

「ドロードラングさんは領主であり、アンドレイ殿下の婚約者です。成人してしまえば今より忙しくなることは必至でしょう。そうなるとエンプツィー先生の助手をするのも厳しくなると思います。あなたの事ですので、昨日あなた抜きの教職員会議で決を取りました。もちろん生徒としても成績は申し分ありませんから、満場一致でしたよ」

ね？　と私の後方に目線をやる学園長。振り向けば先生たちは皆残っていた。

そして、目が合ったどの先生もうなずいている。

先生って人は……

「欲を言えばクラウスさんのように非常勤講師として在籍してもらいたいです。合宿もできれば続けていきたいので、ここら辺の予算は相談させて下さい。申し訳なくも全てお任せでしたからね」

合宿なんて、逆にドロードラング側が人手を得て助かっているのに。

「今年度の卒業式は生徒側で参列して下さいね」

うわぁ…………ありがとうございます！


「えーっ！　お嬢がいるから入学するのを楽しみにしていたのに！」

目の前でアイスクリームをほっぽってプリプリとするレシィに申し訳なくも、嬉しい。

今日はレシィとアイスデート。アイス屋二階の個室です。

「レシィの入学は来年だったのにごめんね。でも非常勤でもいいって学園長が仰ってたから、学園でも会えるよ」

「非常勤と担任じゃ全然違います！」

はいゴメンナサイ。

「でも私、やっぱり魔力が少ないから、エリザベス姉様のように侍女科に通うことになったの」

魔力が少ないと魔法科に入れないわけではない。エリザベス姫だって魔力はある。ただ、科によって勉強する内容が違うし、こう言ってはなんだが侍女科は政略結婚のための勉強がある。

「姫」ならそっちの意味で侍女科になる事がほとんどだ。

侍女科か〜、なら私は担任無理だわ。

「本当は前倒しで入学したかったのだけど、私の学力は普通だったみたい。残念」

パクりとアイスを一口食べて笑顔になったレシィには内緒だけど、レシィの学力は高い。ならなぜ入学させなかったか。

心を開いた私たち（ドロードラング含む）にはただただ可愛いレシィだけれど、他人は基本無視のお姫様。アンディにもさらっと我が儘な妹とは聞いていたけど、その現場を見て本気で驚いた。

同年代の娘さんが開いたお茶会にお呼ばれし、終始無言で過ごしたのだ。

あ、はい、覗いてました。

このまま学園に通っても、私にべったりになるだけで友人ができなそうなのは問題ありと判断。

極度の人見知りというわけでもない。大人に囲まれ過ぎた弊害だろうとは思う。

レシィには同年の相手が同じ貴族とはいえことさらに子供っぽく見えるのかな。兄姉が優秀揃いなのも影響はあるだろう。

結局のところ、友人になることに年齢は関係ない。

それは私にもわかっている。けど、世界が一段増えるからこそ、その中で過ごした事があるからこその結果で、年齢という境がなくなるのだと思っている。

王族であるなら早く大人にならざるをえないが、レシィちゃんはまだ子供です。揉まれろ！　まだ子供の中で揉まれるのだ！

とまぁそれは表向きの事としながら、「レシィまでいなくなったら誰を愛でろというの！　どうせ巣立っていくならギリギリまで城にいなさい！」という実は子供スキーの王妃の我が儘でした。

……おーい。

まあ私が領地に戻れない場合のために現在サリオンを教育中ではある。皆がいるからそこら辺は心配してない。でもね～、やっぱりまだサリオンも今は体を使って遊んでほしいんだよね～。９才だもん。本人はとてもやる気があるけど、愛でていたいのよ。

……あ、王妃の事いえないや。

だからレシィにもそう思う。

ドロードラング式は、うん、ちょっと問題有りかとは思うけど、ちゃんと子供をしてほしい。

「お嬢がそれを言うのかよ～」とマークには呆れられた。いいんだよ私は中身が大人だから！

さて。

「ねえ、レシィ？　来年から合宿に参加できるけど来る気はある？」

「もちろん！　ずっと楽しみにしてたもの！　でも私が参加してもいいの？　じゃんけんしなくていいの？」

ルールを守ろうとするのは偉いよね～。まあこれはドロードラングで過ごしたからだね。

ふふ、きらきらしてるなぁ。嬉しいなぁ。

「だってレシィの部屋はもうあるじゃない、いつでもいいよ。そうじゃなくて、他の生徒と一緒にやれる？」

あ、目がキョドった。

そっとスプーンを置くと目をふせる。

「じ、実は、そこを、自分でも、どうにかしたいと思ってて……合宿は平民生徒が多いみたいだから、ドロードラングの人たちに近い感覚で、同級生とも、仲良く、なれないかな……と思ってるの……」

大人！　真っ赤だけど！　上目遣いで私の反応見ながら言わないで！　可愛いでしょ！

今、レシィ自身がこう思っているなら、未来のクラスメイトとも仲良くやれるかも。

「あ！　今年は収穫祭のお手伝いに行ってもいい？　サリオンたちが私に舞台で参加してほしいって言ってくれたの。お嬢はどんなのか知ってる？」

知ってる。つぼみが開いたら出てくる役だよ。

収穫祭だからレシィを使ったらいいんじゃね？　と言ったのはタイトだったかも。確かに私の出番が激減で、その役はコトラ隊の中で持ち回り。たまにはお客さん参加型にしようかとなったらしい。

ちなみに抽選。申し込みをして当たればオッサンもやれる。わはは。

あれね、実はとても姫気分を味わえるのだ。

レシィは姫だけど、それでも楽しいと思う。だって普通のお姫様はあんな登場しないからね！

「収穫も手伝うね。私にできる事があるなら、だけど……」

ふふ。そんなにしゅんとしなくていいよ。

手先の器用なレシィは野菜に傷をつける事が少ない。大助かりだ。

「うん。そっちの仕事の方がいっぱいあるし、今さら『姫だから』なんて遠慮しないから、よろしくね！」

そう言うと、レシィはほっとしたように笑って残ってたアイスクリームを食べ始めた。

ああ可愛い！

今年の収穫祭は、なぜかサリオンへのお見合い話が多くてまいった。

収穫祭は招待制ではない。だから遊びに来たついでを装ってサリオンに直接来やがった。

まだ早い！　と釣書を送ってきたところで返品していたら力ずく。

舞台を終えたサリオンに近づき「うちの子どう？」と言っていくのだ。貴族どころか商家まで。

その度にコトラ隊が揃って聞こえないふりをして、サリオンを担いでその場を逃げてくれる。

それが続くと不満を持つのが一般客。

舞台はそう大きなものではないので、お客さんとコトラ隊の距離はけっこう近い。それでも舞台を降りてからの握手とか一言かわすのをコトラ隊の方も楽しみにしているのだ。

サリオンがメンバーから自分を外してくれと大人な事を言っても、一番人気に触れられないのはやっぱり悲しい。

ドロードラング領まではるばる来てくれるお客さんもいるのだ。

という事から、またもやお馴染みの大蜘蛛を配置。握手会中に「うちの子どう？」と言った大人は即捕獲。悲鳴とともに舞台に宙吊り。わっはっは。

その子供の方は純粋に遊びに来ただけなので、親が宙吊りになって呆然としてようがそのまま握手。それで我に返るのだけど、それでも喜んでくれる。交流が無事に済めば親は無事に子供のもとへ。

たまに本当に恋心を持った子がサリオンに告白するけど、やんわりと自分でお断りしている。

「わたし、サリオンさまのお嫁さんになりたいの！」

「ありがとう」

初めてその現場を見た時にプチ混乱に陥った私は、にっこり微笑むサリオンに感心した。やだ！うちの子カッコいい！

「でも、ドロードラングにお嫁に来るなら、サレスティア姉上くらいの魔力と、これでもかという荒れ地から繁栄させる知識、国王を前にしても図太い性格と、死ぬまで飽くなき食への情熱がないとムリだよ？」

…………はい？

オイオイオイ？　私の素敵弟が素敵な笑顔でとんでもねー条件をブッこんだよ？

サリオンの正面のお嬢ちゃんがポカンとしてるけど、私の目も点だよ？

「いやぁ情熱的なお嬢ちゃんにはアレくらい言わないと引いてもらえないっすよ」

ひょいと現れたコムジがそう言って次の舞台の準備に行く。

「タイトさんの提案って、言葉はキツイけど効果覿面《てきめん》だよな〜」

ダンも感心したように言って準備に向かう。

「ま、アレでサリオンを諦めてくれりゃ良し。努力するも良しだ」

マークが私の後ろでウンウンと頷いている。

…………そう、タイトが考えたのね……

あンの野郎ぉぉぉおっ!!?

第一二章　15才です。

一話　怒濤です。

なんか、いつもより空気がそわそわしてる。

ドロードラングランドが年末年始の冬期休業に入り、学園も冬休みなので帰って来ての、の感想。

「この冬休みの予定に何かあったっけ?」

執務室で年末の書類に判を押しながら、そばにいたルイスさんたちに聞いてみる。

「?　何もないですよ?　何かありましたっけ?」

ケロっとルイスさんが答え、クラウスとクインさんもはてな?　という顔をする。

気のせいかな。

「あぁ、今回のクレープの焼く順番を決めるので子供たちが盛り上がってましたね」

クラウスが言うとルイスさんたちが笑う。

「白虎を最後にってやつですよね?」

「サリオン様が押さえようとしても白虎様は動いてしまいますしね。前回はひどい火傷になるのではとハラハラしてしまいました」

クインさんが穏やかに笑う。クレープのはずが薄いパンケーキになっちゃったもんな～。

白虎も最近は落ち着いてきたから、今回は大丈夫じゃないかな？

……ほんのちょっとずつ落ち着いてきてる……と思う！

「あぁそういえば、服飾班がこの休業中に寝間着を増やしたいって言ってましたね」

そういやそうだった。休みにならないじゃんと班長であるカシーナさんに言ったけど、時間のある時に予備を作っておきたいと言われたんだった。

年末年始なんて親子水入らずで過ごしていいのに。

「俺の奥さんはお嬢を構うのが自分の子供と同じくらい好きなんで、大目に見てくださいね」

ルイスさんがへにゃりと笑う。……へへ、ありがと。

「邪魔するぜ！　お、ここにいたかお嬢！」

バァン！　と思い切りドアを開けたのは土木班のグラントリー親方。びっくりしたーっ！

そのあとから鍛冶班長キム親方も入ってきた。

「お嬢、余ってる資材で予備の道具を作りたいんだがいいか？」

何だってこんなに働き者が多いのか。

分かった分かった！

作業してくれていいけど、年始はちゃんと休んでよ？

と、思ってた頃がありました……昨日だけど。

「さ、お嬢様もう少しですよ」

イエス！　マム！

「あと十個程ですからね」

イエスマム!?　その「程」ってあと何個ですかね!?

……はい。ただいま私のほぼ一年後の結婚式に使うベールに同じ素材で作られた小さな花を縫いつけているところです……はい、練習です……

本番はもっとたくさん付けるんだって…………お金出すから誰かやってください……ご飯を奢るのでもいい……

綺麗なベールだったのに花を付けた所がよれて、練習とはいえ残念仕様になっております。

でもね、すぐそばにね、笑顔のね、鬼軍曹《カシーナさん》がいるとね、できませんとはね、言えないのね。

笑顔こえええええっ！

必死ですよ！　超必死です！　ちょっと針が刺さったくらいじゃ痛いなんて言ってられないよ！

世のお嫁さんは大変だね！　え？　私だけ？　頑張れ私ーーーっ!!

「はい、お疲れさまでした。裁縫もだいぶ上達されましたね」

『あと十個程』から三時間。ようやく、ようやく終わりましたぁぁ……

上達？　ホントに？　本当に私上達してる？　カシーナさん、ベールがしわっしわになってるの見えてる？

出来を一言で表すならば、『無残』。

……無残なベールって……可哀想すぎる……お祓いした方がいいレベル……？

本番じゃないことを喜ぶべきか、本番まで一年を切ってるのにこの状態なことをおののくべきか。

……間違いなく後者だな、うん。困ったなぁ。

「では、こちらは保管させていただきます。本番用までに裁縫の時間をもっと取りますね」

…………あ、決定ですか……了解です……


「なんで私にゃ手芸の才能がないんじゃあああ!!!」

と、ドロードラング領トレーニングエリアのランニングコースを走っております。

裁縫でのストレスを発散中。お供はマークとタイトとコムジ。もちろん私は運動着に着替えましたとも。三人は通常服。

「上手くなってるって、ルルーも言ってたって」

「今さら叫んでもどうにもならねぇよ」

「そういや、俺はお嬢の作品を見たことないなぁ」

おい！　三人もいてフォローがマークだけってどういうことだ！

「コムジ、見る必要ねぇよあんなの」

タイトーーッ！

「そこまで言われちゃ逆に気になるよね」

なにその、ホラー苦手だけどさわりを聞いちゃったら全部気になるみたいなやつ。私の裁縫の腕はホラーか！　ホラーだわ！

笑うなコムジ！

「直線縫いが直線になったんだ、結構な進歩じゃね？」

マーク！　もっとフォローらしいフォローをして！　もうちょっと上達してるわぃ！

「この速さでこれだけ走れるんだから、裁縫の腕が壊滅でも気にすんなよ、お嬢」

裁縫と運動能力は比例しないってことかい！　だいたいがそうだわ！　知ってるわ！　だけどうちの侍女たちはどっちもできるんですけど！　つーか、壊滅って言いきるんじゃないよタイト！

せめて「的《てき》」はつけてくれる⁉

「まあ俺は、裁縫が駄目でもアンディがいるだけでこの先安心だけど！」

「そうだね。お嬢の婚約者が早々に決まってたのは俺でも良かったと思うよ」

「絶対売れ残ると思ってたもんなぁ」

されすてあ

「……もう、あんた、ら、帰れ！」

私がどんなに本気で走っても、この三人には屁でもない。

だからってこんな話をずっとされるのも私がツライ！　息切れしちゃって喋れなくなってきたから
ストレス発散のはずが増産だよ！

「馬鹿かお嬢。亀様がいる以上お嬢一人でも大丈夫なのはわかっているが、本当に一人にさせたら俺らが怒られるんだよ」

すぐ馬鹿って言うなよタイト！

「そうな。クラウスさんとニックさんも怖いけど、ラージスさんの鉄拳も避けられないんだよね。トエルさんにも放り投げられるし」

おぉ、トエルさんの躾《しつけ》は放り投げか……

「そっかコムジはラージスさんたちといる事が多いもんな。俺はルルーが怖い！」

マークはね、そうだろね。

「要注意はネリアさんだな。あんな婆のくせに鞭の動きが全然見えねぇんだわ。最近はケリーさんも大蜘蛛《おおぐも》を一匹専属で連れてるからな、どこで縛り上げられるか分からねぇ」

ケリーさん!?

「分からないっていえばチムリさんもだよ。吹き矢に痺れ薬塗ってんだよ。意識あるのに動けない恐怖ったらないよ？」

……あんたたち、私が知らないところで何やってんの……？

「つーか、学園に行ったたって淑女ぶりが全然じゃねぇか。毎日何やってたんだよ？」

「お嬢はこれでもちゃんと『先生』してるんだぜ？」

「俺ら騎士団の方には行くけど学園には寄らないからな～。でも学園出身の新人騎士たちにちょろっと聞くと絶対皆目を逸らすんだよね～。面白いよねあれ、あはは！」

……。

ランニングコースを一周後、息を整えてから三人に向かって無言で、魔法攻撃を開始。

「おわっ!?　何しやがるお嬢！」

「あっぶなっ！」

「なんで俺までっ!?」

チッ！　三人とも避けやがったか。

「最近本気で魔法の練習してなかったからね、ついでだから付き合いなさい！」

「「「嘘だろ!?」」」

別方向に逃げ出す三人にそれぞれ追跡型火魔法を放つ。

ふはは！　魔法攻撃の実験じゃあ！　当たっても大丈夫だけど、ほーれ逃げろ逃げろ～！

ドロードランググランドは休業中だからお客もいないし、さっきまでの暴言の分、思いっきりやったる！

そうして。

結局四人で泥だらけになって帰ったので、皆で仲良く般若と化したカシーナさんに怒られましたとさ。

「だってあいつらが！」

「お、お嬢様？」

ひぃ!? ごめんなさいぃぃぃぃぃっ!!


年末は雪が積もらなかった。

雪像、かまくら造りができなくて子供たちはブーブー言ってたけど、そういう年もあるのよ。残念。でもせめて手のひらサイズの雪だるまが作れるくらいに降るといいね。あれ可愛いよね〜。


年が明け。

毎年新年一日目は寝坊推奨なのだけど、やっぱりいつもの時間に目が覚める。

気持ち良く起きて部屋のドアを開けたら戦場だった。

え??

「椅子の設置は終わりました！」

「今、飾りを持って行きます！」

「お風呂できました！」

「衣装小物類準備完了です！」

は？　え？　何？　なにごと!?

侍女たちが廊下を走りながら、それぞれに大声で確認しながらすれ違う。よくぶつからないな。

「いやそーでなくて！　なにごとなのこの騒ぎは！」

「あ！　お嬢！　おはようございます！」

お！　ライラ！　シーツ？　シーツを抱えてんの？

「もう少し部屋にすっこんでてください！」

「はあ!?　あ、ちょっと！」

行っちゃった……

引き止めようと上げた右手をどうしたら？

「お嬢様、起きていらっしゃいましたか」

忙しない侍女たちの間からルルーが現れた。

「ああ、ルルー、おはよ。今ライラにまだ部屋にいろって言われたんだけど」

「いえ変更になりましたので、このままお風呂に向かいます」

え？　朝風呂？　なんで？　そんな話したっけ？

なんて思った隙に侍女たちに担ぎ上げられた。うはああ!?

「さ、磨くわよ！　皆！」

「「「「はい!!」」」」

ちょっ！　待って！　この体勢怖いんだけど！　自分で歩くって！

誰か話を聞いてぇぇぇ！


いつも以上に香料が入った浴槽に入れられ、いつもなら一人で洗う体も髪も侍女たちに洗われ、こっ恥ずかしいと騒いでもなだめられ、あれよあれよというちに初オイルマッサージ。いや髪とか洗顔後なら自分でもしたことはあるけど今日は侍女。ルルーにだって初めて丁寧に揉まれやたらと恥ずかしい。痛くすぐったいのを我慢してる間に爪も整えられ、終わる頃には白目だったと思う。もはや自分では立てず、またも抱えられて下着を着けられ、用意されていたドレスを着せられ、そのまま髪結いが始まり、ドレスに不備がないかの最終チェック。今までにない高さのヒールを履かされ立って座ってを繰り返し、合間に小さいサンドイッチとおにぎりを食べさせられた。うまっ！

お風呂に連れ込まれた時に思ったけど、これ、結婚式の準備よね？

いつも私は会場準備にばっかり関わっていたけど、花嫁ってこんな事されるのね〜。大変だわ〜。一生に一回だからしょうがないのかな？

まあでも着飾るって嬉しいか。しんどくも楽しい。

ふふっ、私もまだ女子だったわ、ははっ。

てか何で今日？　抜き打ち準備？

抜き打ちなんとかはよくやるけど、新年初日に私がやられるとはね。

本番はまだまだ先だけど、心の準備はできた！

白目にならないようにはできるかな！　たぶん！

でもしんどい。今日は白目で許してください！

何で抜き打ち準備と思ったか。だって着せられたドレスが王妃たちのあれこれ言っていたものと違うんだもん。

王妃たちの好みはプリンセスライン。かの有名なねずみの国の姫たちが着ているパフスリーブ（肩がふんわりとした形）のドレス。

ＴＨＥ　ドレス。

でも今着ているのは私の記憶が正しければ、Ａライン。プリンセスラインと似ているが、スカートのふんわり感が抑えられているもの。そして後ろの裾が長いものもあり、特にビアンカ様のドレスはトレーン（引き裾）がすごく長かった。ベールはそれよりも長く、広がるベールがとても綺麗だった。

でも見た目よりも重かったらしく、終了後は肩を揉んであげたっけ。

いつも動きやすさを重視してしまうので、実はちょっと憧れだったデザイン。さすがに王家のドレスまでは裾は長くないけど、チョー嬉しい。

ハイネックでノースリーブだから肩は出てるけど、レース手袋が肘上までのもの。実はこれも憧れ。

全体的にはシンプルだけど、生地の光沢だけでも充分綺麗。

うちのお針子は良い仕事するし、大蜘蛛も良い仕事するよ、ほんと！

そして化粧が終わり、私を囲む侍女たちが皆満足気な表情をしたと同時にドアがノックされた。

「こちらの準備は整いました。お嬢様はいかがですか？」

扉の向こうにいるのはクラウスか。何で開けないんだろ？

「クラウスさん、こちらも準備が整いました」

ルルーがそう返す。

整った？　終わり？　私もう解放される？　全身改造された気分だわ～。

「さすが、時間通りですね」

「ありがとうございます」

そして、どうぞお連れくださいとインディがドアを開ける。

う……全身改造された私をクラウスに見られるのも恥ずかしいかも……いや、男連中に見られるの恥ずかしいな……あいつら私が着飾ると絶対に笑うもんな～。いや、クラウスに笑われた事はないけども！

あれ？　クラウスの執事服がなんかいつもと違う。胸に花があるからかな？　何？　今日はおしゃれの日？

「おお……これは……」

クラウスの目が丸くなり、すぐに細められた。

「本日は一段とお美しい」

……やっぱり恥ずかしいな……クラウスってめいっぱい褒めてくれるから……

「侍女《みんな》たちが頑張ってくれたからね！」

照れ隠しにちょっと元気に声を出す。

にっこりとしたクラウスが左腕を差し出してくれる。

「お嬢様、本日はどうぞこのクラウスにエスコートをさせてくださいませ」

クラウスがそんな事を言うなんて。思わずルーたちと見合った。

「そんなの、クラウス以外に誰がいるの？　本番もお願いよ」

そしてクラウスは、深く深く、綺麗な礼をした。

「畏まりました」

ま、今日はリハーサルだから気楽に行こう！

ルルーたちに支えられながらクラウスの腕に摑まる。そう、摑まる。まずくない？　これ。

「もう少し踵の低い靴だと嬉しいんだけど？」

「その高さが一番優雅に見えますので」

しれっとルルー。

「お嬢！　根性！」

おいライラ。

「では本番まで日常もその高さにしましょうね」

インディまでそんな事言う!?　ここにも鬼が！

「では、ゆっくり参りましょう」

ちっともよろめかないクラウスが頼もしい。はーい。

そうして、しずしずと、居ればほぼ毎日走る廊下をゆっくりと、裾捌きの練習と思いながら歩んだ。

そうか、またいつかこうやって歩くのか。

変な感じ。

私、いつか結婚するんだね。

ふふっ、変な感じ。

「どうしました？」

小さく口だけ笑ったつもりだったのに、クラウスに気づかれた。

「思ってもなかった未来に進んでるなと思ったら何だかおかしくて。いやちゃんと嬉しいのよ？十年前にこっちに帰ってきた時はまさかこんなドレスをこんな早くに着るとは思わなかったからね～」

「ふふふ、そうですね。自分の未来など考えられませんでした」

やっぱり？

「私が帰って来て本当は困ったでしょ？」

「ふふ、はい困りました。食料が全くありませんでしたし、国外に逃がすとしてもお金もありませんし、王都からのお付きも子供でしたし、お嬢様だけでもどこかに奉公といっても5才でしたからね……懐かしいですね」

クラウスも穏やかに笑う。ほんと、よくここまで持ち直したよね～。

以前青龍に、人は力を合わせるのが得意だからと言ったけど、ドロードラング領じゃなかったらできなかったかもしれない。

皆が私に付いてきてくれたから。

皆が私を信用してくれたから。

皆で私を大事にしてくれたから。

「ふふっ、私、『サレスティア・ドロードラング』で良かった」

前世だって自分一人で生きているとは思わなかったけど、こんなにたくさんの人に関わることもなかった。

電気がなくて、魔法があって、魔物がいて、貧富の差が激しくて、貴族がいて、娯楽が少なくて、食べ物は同じく美味しくて。

社会として前世を過ごした日本と全く同じ事は少ないけれど、似たようなところはたくさんある。家族が好きで仲の良い友達もいて、仕事も楽しくて、借金も返し終えて、わりと前世も恵まれて生きていたと思う。

でもここは。

もっと。

「このまま玄関を通りますよ」

見慣れた玄関扉を開けるためにライラとインディが先に進んで両脇に控えた。

「はーい。そういえば、この靴で階段降りられるかしら?」

「お手伝いいたしますとも」

やっぱり穏やかなクラウスに安心する。頼むね！　コケる自信しかないもん！

お、玄関脇の窓から外の様子がチラリと見えた。結構集まってるな〜。新年早々リハーサルに付き合わせてごめんね、ありがとと皆。本番は大コケしないようにするからね！

そしてゆっくりと開けられた扉の先にカシーナさんと、白いタキシードを着たアンディがいた。

「「「「　おおおお!!　」」」」

うわっ！　なにこの歓声！　アンディがいた事に驚いたのが吹っ飛んだ。

「あれがお嬢だと!?」「嘘だぁぁぁっ!?」「あれじゃあただの立派な淑女じゃねぇか!!」「いや、あの後ろに隠れているはずだ!!」

オイオイ？

「馬鹿だなお前ら、クラウスさんのあの顔を見ろ！　あれは確実にお嬢だ!!」

ニックさんの叫びに野郎共がクラウスを見て、その隣で呆然としているのは私だと認識したらしい。でっかいため息が出た。

「あんたら！　そのため息はどういう意味だー!!」

「「「「　あ。お嬢だ　」」」」

ぅおおいっ!?

私そんなに化けたの？　そういやドレスばっかりで鏡を見てなかった！　今までにない野郎共の混乱に私も不安になる。そんなに厚塗りしてないとは思ってたんだけど、別人みたいに違う顔になってるの？　やっぱり改造された!?

「お嬢様」

ひぃ！　すみませんルルーさん！　ほんとその低い声やめてもらっていいですか!?

「お嬢様、降りますよ?」

クラウスは逆にちょっと笑ってるし。

そうだ! 階段を降りるんだった! 集中集中!

恐る恐る、でもカシーナさんの前でそんな仕草は表に出さない。さっきは思わず叫んでしまったけども、カシーナさんからの「お嬢様」がなかったからセーフのはず!

どうにか悠然と降りきると、カシーナさんがゆっくりと寄って来た。その手には綺麗にたたまれたベールがあった。

そう。私が悪戦苦闘したアレである。花のヨレ具合に見覚えがある。

しかしカシーナさんはそれをフワリと広げた。

!!

シワがほぼなくなってる!

「すごい!」

やっぱり声に出してしまった。

カシーナさんが柔らかく微笑んだ。

「祝福あれ」

そう言って、私の髪にベールを乗せ、顔の前にもベールをおろした。

視界が淡い白に包まれる。

でも、明るい。

お辞儀をしたカシーナさんが静かに下がる。

「しっかり、摑まっていてくださいね」

クラウスが小さく言い、向き直った先には、アンディが立っていた。

一歩。一歩。

いつの間にか始まっていた演奏に合わせ、クラウスと進む。

十歩で、アンディに届いた。

さ、と、クラウスから合図があり、摑んでいた手を離す。

クラウスとアンディが一瞬だけ見合って、お辞儀をしたクラウスが下がると同時に、アンディが
私の隣に立って腕を差し出した。

それにそっと手を置く。

「緊張してるね」

小さく、でも楽しげなアンディの声音。

「うん、緊張してきた」

二人で前を向いたままなので、お互いの表情は分からない。

ふと、思った。

「これって、アンディのいたずら？」

「いや？　本気」
……ちょー緊張してきた!!

二人で一歩ずつ、亀様の像へ近づく。
ふらついても、アンディががっしりしてるので誰にもバレていない。はず。
出会った頃は、遊んでいる間に何度も一緒に転げたのに。
いつから倒れなくなったんだろう？
身長も同じくらいだったのに。
いつから見上げるようになったっけ？
声も低くなった。
剣も上達した。
王城での仕事も忙しい。
私の、旦那様になるひと。
《漸《ようや》く、だな》
像の前に止まると、今度は亀様の楽しげな声が。
「はい」
穏やかにも楽しげに応えたのは、アンディ。

なんか二人だけで通じ合ってるし。

「なあに？　今日の事を知らなかったのは私だけなの？」

そう言うと亀様の他にも笑い声が聞こえた。え、子供たちも知ってたの？　うわぁ、気づかなかったー！

《ドロードラングからの、サレスティアへの成人祝いだ》

成人祝い？

「僕の我が儘も聞いてもらったんだ」

アンディの我が儘？

「珍しいね？」

そうでもないとアンディは笑った。

「公式の結婚式はまだ先だけど、お嬢が成人するのを、結婚できる歳になるのを待ってた」

いつから。

アンディはいつから、こんな風に笑うようになったっけ？

毎度照れる。

好かれていることを実感できる。

「お嬢の、僕のための花嫁姿を早く見たかった。そして、ドロードラングの皆もお嬢の花嫁姿を見たかった。意見の一致だよ」

公式の結婚式はドロードラング領では行われない。

アンディが祖父であるラトルジン侯爵家に入り、ラトルジン公爵領の当主となる。私はそこにお嫁に行く。

ただ、サリオンが成人するまでは後ろ楯としてドロードラング領に関わる。

それもあって今年、学園を生徒として卒業できる。

とにかくしばらくは忙しくなる。

まあ、ドロードラング領を運営する人材はほとんどが残るから、言うほど私が忙しくなることはないとは思う。

気兼ねなくドロードラングで無茶ができる、最後の冬。

そして、成人しての最初の冬。

じわじわと、温かくなる。

じわじわと、実感する。

「……嬉しい……」

ベール越しの景色が揺らぐ。

《まだ泣くな》

亀様の楽し気な声に、逆に涙が溢れて決壊寸前。

無理だよ亀様。

だってこの結婚式は。
うちの侍女たちが全員で私の結婚の準備をする最初で最後の機会。
カシーナさんが私にベールを取りつける事のできる最後の機会。
こんなに近くで、皆が私をお祝いしてくれる最後の機会。
考えないようにしていた機会。
だっていつかは離れる。分かってる。だけど。
寂しい。寂しいよ。離れるのは寂しい。
だから。
今日の。この日を。迎える事ができて。
嬉しい。
ありがとう。
いつも思う。ありがとう。
生きててくれて。
出会ってくれて。
私のそばで生きてくれて。
ありがとう。
だからごめん。

「む～り～ぃぃ！　うあああああ～ん!!」

泣かずにいられるわけないじゃん！

豪快な泣きっぷりに、会場大爆笑。

繋いでくれたアンディの手もちょっと震えてる。おい。

カシーナさんとルルーがベールをまくって顔にタオルを押しつけてきた。おーい。

でも、笑ってしまう。

いつも通りの事に、なかなか涙が止まらなかった。

《そのままで良いという事なので始めるぞ……ふっ！》

本物の亀様のもとへ会場ごと転移しての仕切り直し。

私がひぐひぐしてるだけでギリギリ厳かな雰囲気だった会場が、亀様のせいでまたくすくすとなってしまった。いやまぁ、原因は私ですけどもね。

化粧直しもしないなんてアンディに失礼なはずなんだけど、そこはほら、アンディさんなので、問題なしだそうで。そうですか。

でも、うん。私たちらしいか。

《では。二人の末長く続く婚姻を結ぶために、誓いの言葉が要る……新郎アンドレイ》

「はい」

スッとさらに姿勢を正したアンディ。大声ではないのによく通る。この声も好きだなぁ。

《健やかなるときも、病めるときも、どのような時も、変わらず、妻となるサレスティアに愛を捧ぐことを誓うか？》

「誓います」

いつもなら向かい合った新郎新婦の間に亀様像があるのだけど、今日は並んで亀様に向かってる。ちょっとだけ。ちょっとだけ、私の触れているアンディの腕に力が入った。きっと、手を繋いでいたらギュッとされたんだろう。嬉しい。

《新婦サレスティア》

「はい」

さっきまで泣いていたので声が震えた。でも、カシーナさんに叩き込まれた姿勢は、今一番綺麗にできている！　はず！

《健やかなるときも、病めるときも、どのような時も、変わらず、夫となるアンドレイに愛を捧ぐことを誓うか？》

夫となるアンドレイ……

本当に、本当に、この日が来るなんて。

隣に立って、その腕に触れているのに、何だかまだふわふわしてる。

誰かと結婚するなんて、想像もしていなかった。

婚約が決まった時もまだまだまだまだ先だと思ってた。

15才なんて、前世じゃあまだ子供。将来に向けてやっと準備を始める頃。

国を見据え、自分の役割を理解し、そのために努力し成果を出しているアンディは、まだ16才。

なのにこんなにも頼もしい。

まだ少し幼さの残るところがあっても、どうしようもなく頼もしい。

まいった。

「誓います」

《二人の誓いを受け取った》

亀様が一息ついた。空気が和らいだ。

《今、この時より、二人は夫婦となった。その命の限り二人に幸があるように、誓いの口づけを》

……あ……そうだった……

やばい！　めっちゃ緊張してきた！

いや、学園でも皆の前でそれらしいことしたけども！　あれはほら！　嘘ンコだし！

どうにか向き合い、ガッチガチになって冷や汗をかく勢いなんだけども、ゆっくりと上げられるベールからアンディが見えると、スッと落ち着いた。

「緊張するね」

整えられた髪のせいか、いつもよりも色気が。

でも、こそっと私の緊張を解いてくれる、いつも通りのアンディ。

「うん、緊張する。へへ」

緊張しても、格好つけなくていい相手。

ありのままの私を包んでくれるひと。

「アンディ大好き。あなたのお嫁さんになれて嬉しい」

思わず出た言葉は。

今までに見たことがないほどに、アンディを真っ赤にさせた。

観客大歓声。

口をパクパクとしたアンディは、両手で顔を覆ってしまった。耳も首も手まで真っ赤。

「ここでそれを言う……!?」

くぐもってよく聞き取れなかった言葉をもう一度と思ったら、アンディは真っ赤なまま手を離した。

「ま、ま、まだだよ！」

そうして、その両手は私の両頬に触れ、あ、と思う間に口づけられた。

触れるだけ。

触れるだけの誓いの証。

だけど、最強の四神の縁結び。

「今から、だよ」

照れくさそうな顔。

きっと私も同じ顔。

「はい」

涙が、また出た。

「泣き虫」

頬の手はそのままに、おでこをこつりとする。何度したっけ？

そしてこれから何度もするのだろう。

「なんとでも、言ってよ、もう、今日は、むり〜！」

そう言ったら、ふわりと抱きしめられた。

「いいよ。あーあ。ずっと抱きしめていたいところだけど、今日は無理だなぁ」

「さあ！　アンディ！　お嬢を寄越しな！　お色直しだよ！」

体重を預けようとしたらケリーさんの元気な声がした。そしてあっと言う間にまた担がれた。ぎゃあ！

「運営が雑過ぎないかいケリーさん!?」

「こういう事は手早く迅速に、だろ？」

そうですけども！　花嫁をじかに担ぎ上げるってどうなの!?　今までしてきた結婚式で誰もやってないよね!?　そんな特別仕様いらないんだけど！

なにより恥ずかしいんですけどぉぉぉっ！

「その手を離せーーっ！　悪の使徒ーーっ!!」


ドオオオンンッッ!!

《ぐあっ！》
亀様が揺れた。
亀様の向こうから煙が上がった。正面にいる私たちからは、亀様の後ろ部分としか分からない。
あり得ない光景に誰もが動きを止める。

ドオオオンン！


また爆発音。

そして、小さい何かが奔《はし》った。その影に別な影がぶつかる。

ガキィィインッ!!

金属音は、誰かとマークが剣を合わせた音だった。

私は降ろされ、ケリーさんたちに囲まれたまま、アンディとクラウス、ニックさんに庇われた。

「その子を離せ！」

マークと切り結んでいる旅装束のたぶん男がこちらに叫んだ。

は？　その子って誰？


ドオオオオンン！


あ！　また！　この男が今何かを仕掛けた様子はなかった。てことは、他に仲間がいる？

魔力展開をしなければ！

「全部で四人だ。うち二人は魔力量が多い。マークと打ち合っている男にも魔力を感じる。気をつけて！」

最後の気をつけては皆に向かってアンディが叫んだ。対応早っ。

どうやら他の三人は亀様の後方にいるようだ。狩猟班、騎馬の民が駆けて行く。

「くっそ！　邪魔をするなー！」

「ここがドロードラング領と知っての行動か」

マークの声が低い。余裕がありそうだけど、相手の男の攻撃はまだゆるまない。

「最悪の四神がいるなんて！　早く倒さなければ世界が歪んでしまう！」

……は？

「世界のために、玄武を倒す！」

５才の時に戻って来てから今まで、ドロードラング領で私以外に爆発を起こしたのは、いつぞやの賊どものみ。

亀様が攻撃的な何かをした事はないし、ちょっと失敗したおかげで温泉が出た。

歪む？　世界が？　今頃？

亀様が、何だって？

「玄武を倒して、世界を平和にするんだ！」

……………………ぁあんっ!?

「待てお嬢、とりあえずあの野郎はマークにやらせろ」

飛び出そうとしたのを押さえたのはニックさん。肩に乗る手は優しいが、アホ男を見る顔がひきつっている。

きっと私も同じ顔になっている。せっかくのドレス姿が台無しだろうけど、こめかみの青筋が浮き上がってる気がする。

いつもなら私を振り返るアンディとクラウスが前を見たままだ。あンの頓珍漢《とんちんかん》め！

『お嬢、サリオンと子供たちは無事だ。タイトもジムたちもいるしケリーさんの大蜘蛛もいるから、こっちは任せて』

ルイスさんから通信が入った。こういう時、女子供を優先に安全に現場から離すことにしている。

元盗賊たちのドロードラング領自警団に、侍女たちも付いているなら安心だ。少人数に分かれての訓練もしてある。カシーナさんからの通信はないけど、夫であるルイスさんが何も言わなかったから合流済みだろう。

ありがと、よろしく！

『魔法使いらしき人物発見』

『こっちも発見ッス』

年末年始は王都勤務メンバーもドロードラング領に帰って来る。

ヤンさんとトエルさんがそれぞれに魔法使いを見つけたようだ。二人とも小声という事は相手には見つかっていない。

『もう一人は重戦士だな。ラージスが打ち合ってる』

てことは鎧を着ているのか。ラージスさんもパワー型だから相性は悪くはない。

『どうする？　捕獲か？　仕留めるか？』

ちょっと楽しげなヤンさんの声。

「一応捕獲」

『『了解！　』』ッス！　』

ラージスさんからも返答があった。

よし、これで向こうはＯＫ。ご丁寧に一対一で相手してやることもないし、狩猟班と騎馬の民がそれぞれにサポートする。

さて、こちらに単身乗り込んできた頓珍漢男はまだマークとやり合っている。魔法を使えるかもしれないってのは面倒だ。小技《こわざ》しか使えないのか、一撃必殺なのか。魔法剣なら剣の強度が落ちるものが多いらしいからマークのパワーには長くは耐えられないはず。他に道具を持ってるのか？

その時はアンディとクラウス、ニックさんがマークをサポートするだろう。

亀様、大丈夫？

《少々驚いたが大事ない。あの程度の衝撃では我の甲羅には傷も付かぬ》

良かった〜。

《心配をかけた》

ううん。こちらこそだわ。防げなくてごめんなさい。

《それは我の領分だ。サレスティアの結婚に浮かれすぎたな、ははは》

テレパシーとはいえ、今それを言うのかい亀様。

でも、うん。落ち着いた。

どこの誰が世界を歪ませるってぇのか、きっちり説明してもらおうかぃ！

「くそっ！　さすがは、魔族の国！　簡単には、いかないか！」

はあああっ!?

このアホ男！

「魔族の国か！　ずいぶんな言いようだな！」

マークの声に張りがある。マークはまだ余裕だ。

「四神が！　二体も！　いて、一緒に！　暮らす、とか！　おかしいだろ！」

一方のアホ男は、息が切れてきたようだ。

奇襲が失敗したし、アンディの探知魔法にかかったのが四人と人数もバレた。私の探知でも部外者はこの四人だけということは、援軍はなし。ただし飛び道具が来るかもしれないので、私はそっちの待機。

白虎の事も知っている。いやもう隠してはいないけども。

「それに！　嫌がる、女の子を、玄武の、花嫁に、しようなんて！」

「は？」

ぎゃあ！　アンディから黒オーラが出た！

「彼女を、離せ！」

「彼女は僕の花嫁だ！」

アンディさん！　今つっこむ所そこじゃないから！　黒オーラが噴出してるよ！　怖いよ！

そう思ったのは私だけじゃなかった。アホ男がゆっくりと前に出たアンディを見ておののいた。

「うわ！　なんだコイツ!?　悪魔までいるのか!?」

はあああっ!?　アンディによくもそんな事言いやがったなこの野郎!!

「待て待てお前ら」

ニックさんがまた私ら二人の肩を摑む。

「せっかくの新郎新婦が前に出るな。大人しくしていろよ」

「だってニックさん！　あいつアンディを悪魔って！」

「どう見てもお嬢の対《つい》は僕でしょう……！」

《はっはっは》

「亀様、今は茶化さないでくださいよ、落ち着かねぇから、コイツら」

《成人したと言ってもそうすぐには変わらんなぁ。はっはっは》

頭に血が上った私たちをよそに、笑う亀様と呆れたニックさんとでほのぼのとした空気になっていく。

が。


ドゴオオオオォンン!!

ドガァアアアァァンン!!

《ぐおっ》
「亀様!?」

さっきよりもより大きな爆発音と雷が落ちたような音がし、亀様の目が見開いた。

まずい！

「よし！　じゃあ俺も！」

マークに押されていたアホ男がニヤリとした。

と同時に全身が淡く光り、見る間に眩しく輝き出す。

眩しさにマークがアホ男から離れた。

何これ。アーライル王家の魔法も光るけど、こんなに強くはない。

光るという事は魔法なら浄化系ではある。色々と派生はあるけど、ミシルがハスブナル国で使ったものはかなり強い。

あの時もミシルは光っていたけど、それよりも強く光っている。

魔物の亀様を浄化しようとしてる？

「俺の命よ！　世界のために輝け！」

命と引き換えの浄化系最強魔法。

このドロードラング領で、自爆？
いつも、いつも私たちを助けてくれる亀様を、
人は面白いと、いつも見守ってくれてる亀様を、

農作物を一緒になって悩み育ててくれてる亀様を、
私らが必死に守ってきた土地で、
たとえよそ者だろうとも、その血を流そうなんて、

「っざ！　っけんなあああああっ!!!」


まとめられた髪が一気にほどけベールが飛んでいった。血が逆流するのに合わせ髪もドレスの裾もうごめく。

そんな魔法発動させるわけにはいかない。

右手にハリセンを具現化。もちろん金色。

アホ男がこちらを向いて青ざめた。

しかし。

「きゃああああっ!!」

私らの後方、子供たちが避難しただろう方向から、悲鳴があがった。

まさか。

他にも仲間がいたのか！

「子供たちを狙うなんて！　この卑怯者！」

アホ男に向けていた意識を子供たちの方に向け、風魔法をまとって飛ぶ。

「お、俺たちじゃない！」

知るかそんな事！　絶対許さないからな！　後でみてろ！

でも、十メートルも進む事ができなかった。

前方にそびえる影があった。

大きな大きな真っ黒な人型が炎のように揺らめいている。

その圧倒的な存在感に、進む事を躊躇してしまった。

威圧的な影は、こちらを向いている。

何だあれ……

鳥肌が立つ。これは、恐怖……？

《あれは……》

亀様の困惑した声が。

「似てる」

すぐに追いかけてくれたのか、アンディが地面に降りた私に並ぶ。

「何に？」

目線は巨大な影に固定したまま、我ながら張りのない声でアンディに問えば、

「ハスブナル国の時に似てる気がする」

え。

だって、あの時の国王はもういないよ？

朱雀が、国王の魂は神のもとにいるって言ってたよ？

ズ……

ゆらりと影が動いた。

はっ！　子供たち！

怖いなんて言ってる場合じゃない。早く行かなきゃ。

でも。

「うう、足が前に出ない……」

ハスブナル国王の時は、怨嗟《えんさ》の声の気持ち悪さが恐怖を押しのけた。早く浄化しなきゃと思ったから進めた。

だけど、今は。

ただただ、怖い。

さっきから鳥肌が収まらない。気を抜くと歯もガチガチ鳴りそう。気を奮い立たせないとへたりこみそう。

隣にアンディがいても、すぐそばにクラウスたちがいても、子供たちが危険にさらされているのに、すくむ。

怖い。

何だこれ、何だこれ、何だこれ！

ぎゅ
左手に感じた感触に心臓が止まるかと思った。

アンディの右手が、私の左手を握ってた。

「怖いね。握ってていい？」

！　……うん、うん！　握ってて。

ドクドクと嫌な音をしていた心臓がドキドキに変わった。

「よし。じゃあ、子供たちを助けに行こうか」

青い顔してるくせに、アンディは笑う。奮《ふる》えた。

うん。

【ヴぅぅ】

影が喋った。

ハスブナル国王のようにしゃがれてはいない。それだけで気持ちに余裕ができた。ほんのちょっとだけ。

【うう、よ、よく、よくも、】

二重三重に響く影の声。男のようにも女のようにも聞こえる。

ぼおっと立っていた影がゆっくりとしゃがんだ。

そしてあっという間に飛び上がった。速い！

そして、空中で四つん這いのような姿になると、あっという間に地上に降り立ち、光るアホ男を口に入れた。そのまま亀様の後方に飛び上がり、それを二回繰り返した。

『なんだこりゃ!?』

ヤンさんたちの困惑した声。

『お嬢！　不審者が何かに喰われたッスよ！』

トエルさんたち皆は無事のよう。

そして影は空き地に不審者四人をぺいっと吐き出すと、猫のようなしなやかな動きで上空高くに駆け上った。不審者たちは気を失っているのか、横たわったままピクリともしない。

上空の影が不審者を見定めた。うわっ。

怖い。だけど。


【よくも結婚式を台無しにしたなぁあっ！】


……は??

そのまま影は不審者を目がけて動いた。

「まずい!!」

アンディが手を離し、不審者たちの方へ駆け出した。その姿を見ながら、どうなっているのか考える。

結婚式を台無しにされて、なんであの影が怒る？

アンディはなぜ駆け出した？　まずいって何？

……ハスブナルの時と似てる……て？

あれ……もしかして……あの影って……


【せっかくの綺麗な姉上をよくも！】


サリオンかーーい!!

体が動いた。

また風魔法をまとって飛び、私はアンディを追い越し、影と不審者の直線上に入る。

影がぐるりと方向転換し、一時上空に戻った。

この隙にと、練り上がった魔力でハリセンを巨大化させる。

影が上空から、落ちるよりも速く迫る。怖っ！

だけど。

あれがサリオンだというのなら。

「白虎っっ!!　サリオンを止めなかったら百叩きだからねーっ!!」

すると、影のスピードが弱まった。若干。よし、白虎の意識はあるな。

ハリセンが金に輝く。

スピードがさらに弱まった。けど、この勢いでぶつかられたら亀様がガードしてくれても、何事もなくは終わらないだろう。もしかしたら近隣の領地にも迷惑がかかるかもしれない。

させるか。

ドロードラング領も、サリオンも。

ふ、サリオン……

「サリオンありがとう。ちょっと髪が乱れただけよ？　ルルーたちがすぐに直してくれるわ」

迫る影に向けて声をかける。

「それに、どんな姿だって僕がお嬢を嫌がる事はないよ」

アンディも空を飛んで、私の背にピタリとつく。うん。

「だから、そんなに怒る事ないよ」

【でも領の皆も！　兄上も！　とてもとても楽しみにしていた！】

うん。皆の思いがすごく嬉しかったよ。

サリオンがそんなに怒ってくれたことも、もちろん嬉しい。

ぐんぐんと影が近づく。

でも。

私の背中にはアンディがいる。

【《姉上！　アンドレイ！　止められん！　逃げて！　》】

白虎の声？

影にうっすらと白い縞が入った。

「ははっ、まいったな」

アンディが苦笑する。

「なんかごめんね？」

ほんと、いつも最前線に巻き込んでごめんね。

「サリオンは弟になるんだ。当然」

背中を預けることができて、すごくすごーく助かってるよ。

「それにやっと夫婦になったんだ。ここで終わりになんかさせるものか」

と、後頭部にちゅーされた。

「わあ！」

「よし、元気でた！」

ははっ！　それは私のセリフだよ。

「よっしゃあっ！　サリオンっ！　ちゃんと私たちのところにおいでよぉっ!!」

作戦なんかないけれど、私とアンディがいるのなら、サリオンは助けられる。根拠もないけど。

アンディの魔力も一緒に練ると、ハリセンは大きく、そして真っ黒になった。まじか。

思わず二人で見合って笑ってしまった。

すぐさま巨大真っ黒ハリセンを頭上へと振りかぶる。

「サリオンは助けるけど！　白虎は自力でどうにかしてねっ！」

【《ご無体な!?》】

そう言って巨大真っ黒ハリセンにぶつかった影は、左右に真っ二つになった。裂かれたその表面がまるで夜空のように暗い中にも小さく光がキラキラしている。

またも腕がはち切れそうになったけど、アンディがしっかり支えてくれた。

そうして踏ん張って、影がすっかり通り過ぎると、ハリセンから染み出すようにゆらりとサリオンが出てきた。ぐったりとしているサリオンをアンディと受け止める。

「「サリオン？」」

すっと開けられた目は、一瞬潤んですぐ閉じた。そして規則正しい息づかいに寝ちゃったのだとホッとする。アンディがサリオンを背負ってくれた。

二つになった影は地上をふわふわとしていた。

私らが地上に降りると、その二つはそれぞれに凝縮し、白狼《シロウ》と黒狼《クロウ》になった。

「え！　あんたたち取り込まれてたの!?」

途端に二頭は伏せた。

《申し訳ない主《あるじ》！》

《サリオンを止めるどころか白虎と共に吸収されてしまった。面目ない！》

はー、子供たちを守ってくれてるのかと思ったら。

あ！　白虎！

「白虎は？　無事？」

キョロキョロとすると、ふとシロクロが一ヶ所を見つめた。

亀様の足元から、仔猫サイズの白虎がちらっと様子を見ている。いや、おどおどだなアレは。

《また小さくなったな……》とシロウ。

《振り出しか……》とクロウ。

《だって！　サリオンがあんなに魔力を吸い込むとは思わなんだ！》

ほう？

「白虎。その吸い込むってどういうこと？　そんな使い方、私もアンディもサリオンに教えてないけど？」

毛を逆立てながらもビシッとお座りのポーズをすると、白虎の目が激しく泳ぎ出した。

《あ、ああ姉上が領からいなくなって、その後何かあった時にどうしようとサリオンが心配したの

だ。ハスブナルの朱雀のアレをしようと提案したのは、わ、わ我だ。白狼黒狼と一緒にまだ練習中なのだが……》
チラッチラッとこちらを見ながら説明を頑張る仔猫。
ふむ。シロクロと一緒に練習してるだけまだいい気はする。
《サリオンの怒りにあれほど引っ張られるとは想定外だった》
しゅんとする仔猫。くっ。
《一応、我も見ていたのだが》
亀様も監督してたのね。
《サリオンはまだまだ伸び代があるようだな。鍛えようではサレスティアを凌ぐかもしれぬ》
まじすか亀様。
「それは……エンプツィー様が喜びそうですね」
げ！　アンディやめて～！　あんな熱血特訓、サリオンにしてほしくない～！

暴走したサリオンにごっそりと魔力を盗られ気絶している不審者たちの身ぐるみを剝いで身元調査。

男四人なので遠慮などしない！

と言っても私は監督だけどねー。

せっかくのドレスは汚れたし、この分の元金は回収してやる。

「お色直ししないと駄目？」

宣誓も終わったことだし、途中ドタバタしたせいでなんだか気分が削がれてしまってドレスを着てても気抜け中。

「そうだねぇ」

ケリーさんたちや侍女たちも迷っているよう。皆もなんか気が抜けた感じで、亀様のそばでのんびりとお茶してます。

「サリオンが寝ちまったしね。お色直しは延期だ延期」とネリアさん。

今は亀様に寄りかかりながら、サリオンを抱えて、サリオンへの魔力補塡中。

「お嬢大好きサリオンにまず見せなきゃ。ヘソ曲げられたら面倒だよ」とチムリさんも笑う。

子供たちも、サリオンが見られないと駄目だよと声を揃える。

そういう事なら私にもアンディにも否やはない。

皆がサリオンのほっぺをツンツンとしていくけど、サリオンはまだ目覚める気配がない。かーわいい。

白虎とシロクロは、どこかに飛んでいった私のベールを探しに行った。

男たちは不審者を囲って、なるべく私ら女子に見えないように調査中。アンディもそこに。

「そのドレスはアンディのデザインだよ」

チムリさんがニヒッと笑って言った。

「ほんと、坊主のデザインなんて最初はどうなる事かと思ったけど、ちゃんと似合ってるね〜」

ネリアさんの眼鏡すらにやけてそうだ。ケリーさんもニヤニヤしてる。

「さすがのアンディだね、って感心してたとこさ」

……か、顔の、熱が、はんぱないいんですけど……

「ドレス用の宝石もおとなしめのばかりで、それが逆にお嬢様が映えることになって……」と悔しげなルルー。

「良い物に囲まれて目を養ったと思ってたけど、私らもまだまだだね〜。悔しいわ」とため息をつくライラ。

「お嬢様がお気に召されたようで、悔しい限りです」とインディが苦笑。

今まで特に服の好みとか言わなかったもんね。まず自分にその好みがあるとか思ってなかったし、皆に任せれば良い物が出来上がったしね。

それなのに、アンディは分かったんだ……

「ねぇケリーさん、このドレスの汚れ、取れる？」

そう言うと集まってた皆がにこやかに笑った。

「ふふっ。任せなさい！　私らに取れない汚れはないし、綺麗なドレスに戻してやるよ」

洗濯班のお母さんたちがどんと胸を張る。良かった。

「結婚式の仕切り直しをするかい？　いいよ」

あー、それでもいいけど皆の休みがなくなっちゃうし、それに。

「ううん。一緒に棺に入れて欲しい」

皆の目が丸くなる。

「アンディが私だけのために作ってくれたドレスなら、もう誰にも着せない。型を真似するのも、デザインをそのまま使うのもいいけど、この、今私が着ているこのドレスだけは誰にもあげない。お下がりもしないし、どんなに貧乏になってもオシメにもしない」

お嬢がそんなことを言うなんて、ってあちこちで聞こえた。だよねー。

「いい？」

使えるものは何でも使えとやってたのに、ここに来て自分のだけは駄目とか良くないけど……

「もちろんですとも。ふふっ、そんなに不安にならなくていいですよ」

カシーナさんがいとおしそうに笑う。そして、

「お色直しは今日はもう無理でしょうが、そちらは私たちのデザインなので後で着てくださいね」

うん！　楽しみ！

「とても派手になりましたよ」とインディがにっこり。へー！

「騎馬の国の総力をあげて生地を織りました。それに色々とドロードラングで飾り付けました」とダジルイさんが言った。

騎馬の国の生地かー！　原色が素敵なんだよね～。楽し、

「総重量十五キロです」

何事もないように言ったカシーナさんを二度見した。

「重くない!?」

「少し重いですね」

「少しっ!?」

どんなの!?　え？　ねえ！　十五キロのドレスってどんなのーっ!?

《はっはっはっ》

亀様！　笑うとこじゃないからーっ！


「ええと、僕らは、カクラマタン帝国のギルドに所属する冒険者です。一応、僕は〝勇者〟です」

勇者。それは「称号」で、オールラウンダーということらしい。

剣、魔法、それに伴う武術、知力。一応試験があるらしく、難関だそうだ。

ほうほう、エリート君ですか。

現在、エリート君とその仲間三人は、私らの前に並んで正座しております。全員20才だと。若いのね。

「え、と、カクラマタン帝国では、四神について良い印象はありません。何度か国を滅ぼされかけたので、敵としかみなしません……！」

声がだんだんと小さくなるがはっきり敵と言った。まあだいたいの国も人も四神には良い印象なんて持ってないだろうよ。

はい、と勇者の隣の悪人顔の魔法使いがおずおずと右手をあげた。

うむ。発言を許可する。

「玄武が原因で国が滅びかけたのは古文書に残る千七百年前の事なので、今では伝説として語り継がれています。ですがカクラマタン帝国が現在魔法が盛んな国としてあるのは、四神に対抗するためです」

ほうほう。

「現れるだけで国がなくなるのが玄武だと古文書には残されています。他の国では『国潰しの大精霊』と呼ばれ、正体はわかっていませんが」

うん。その呼び名久しぶりに聞いたな。

「四神討伐は犠牲が少なくありません。四神の力が強いのもありますが、討伐するための力も大きなものになりますので」

だから四神の発現は災害と言われる。

「玄武を討伐した記録はありません。ですが今までの四神討伐ではカクラマタン帝国出身の誰かがそのパーティーにはいます。なので、大人しい今のうちに、という事で依頼を受けました」

まあ、冒険者ならそういう依頼を受けることもあるだろう。が。

「で？　それは誰からの依頼なの？」

悪人顔の魔法使いが固まる。勇者は「ギルドからです」と言ったが声が小さい。

お嬢顔怖いってうるさいよ！

「ドロードラング領《うち》とカクラマタン帝国で、一度手打ちにした事があるのだけれど、あなたたちはそれを知ってる？」

「「「「え！」」」」

四人ともポカンとした。あー。

「お宅の二十五番目の皇子様ご一行、うちで今強制労働中なんだけど。ご存じ？」

「「「「ええっ!!」」」」

真っ青になる四人。

「よし！　着替えたらカクラマタン帝国に殴り込みに行こー！」

おお～と、やる気ない感じの歓声が上がる中、四人がわらわらと慌てる。が。

「わはは！　前回の時に次はないって言ったからねー！　新年狙ってやって来やがって！　明日の朝日を無事に拝めると思うなよ！」

カクラマタン帝国はとても栄えてるけど、長く平和が続いた弊害か内政が結構怪しい。というのも、代々皇子皇女が多いから貴族もめっちゃ多い。それにさっき悪人顔の魔法使いが言っていたように魔物討伐の成功率も高いので冒険者の格も高い。

ということは公金の出具合が半端ない。

不正が多い。

だから前回、シロクロを狙ってきたような馬鹿が出てくる。

他国の内政なんて本当はどうでもいい。国同士の取引もなく、行くまでに何ヶ月もかかる遠い国なら尚更だ。

だけど、この短期間に二度も攻撃された。

皇帝と書面を交わしたにもかかわらず。

フッとヤンさんとザンドルさん、バジアルさんが現れた。

「ただいま戻りました」

お疲れ。

「ギルドも一枚岩でないようで。ギルド副長と魔法副大臣の癒着有り。今回は最近パッとしない討伐成果を盛り返すのに丁度良かったようですね。あと、教会も信仰の追い風が欲しかったとか。皇帝はそれらを止めたと思って安心してましたけど、妾妃の一人が魔法副大臣ともできてるようですよ」

首をコキコキと鳴らしながら説明するヤンさん。上司への報告態度は最悪だけど、聞くほどに馬鹿馬鹿しくなってくる内容に注意する気も起きない。それよりもこの短時間にこれだけ探ってくれた事に感謝する。

四人は青ざめたまま。

でも神父系ガリガリ痩せぎす魔法使いががっくりと手をついた。

「追い風……そんな噂はあったけど……」

勇者になるだけでエリートかと思っていたら、その試験に三十回も落ちているらしい。彼はみそっかす勇者だそうだ。

悪人顔の魔法使いはその顔と爆発系の大技しか使えないので正式な魔法使いの資格を貰えず、身分証に仮がついている。

痩せぎす神父も、弱い回復魔法と強い雷魔法だけというバランスの悪さから役職のある神父にはなれないとか。

そして重戦士の鎧を剝いだら中身は女の子かと思う程に華奢な美少年だった。一瞬誰もがビビったがニックさんが股間を確認して男と証明。家から一歩外に出れば襲われるその見た目から引きこもりに。しかしカラクリが大好きな彼は幼馴染みの三人と冒険に出るべく魔法鎧の開発をした。ラージスさんと渡り合うんだから結構な発明だよ。

「なんだよ、噛ませ犬か僕らは……」

美少年は膝を抱えた。

前回の庶子皇子一行での魔法はあの槍だけ。戦力の見極めのために今回の彼らは選ばれたのだろう。

「住民権なんて、夢のまた夢だな、はは」

悪人顔の魔法使いが儚く笑う。勇者は声もない。

落ち込んでるところを悪いけど、確認を一つ。

「ねえ、玄武が世界を歪ませると言っていたけど、本当の事？　亀様が現れて十年経つんだけど、世界のどこに歪みが出たの？」

四人が顔を上げて見合った。

「僕と魔法使いはギルドで」と勇者。

「俺も一緒に聞きましたが、いずれ歪み始めると言われただけで場所までは分かりません」と魔法使い。

「教会でも四神が長く出現したままなことは歴史上ないと騒ぎになりましたが、どこに歪みが出たかは聞いていません」と神父。

「僕はカラクリ以外の情報はないです……」と美少年。

あららら～。

「十中八九嘘でしょうな。黒」と呆れ顔のバジアルさん。

「途中、ハスブナル国に寄ってチェンに聞いて来ましたけど、チェンの感じる範囲に異変はないそうですよ」とザンドルさん。

「だいたい、そんな事が起こるならエンプツィー様が大人しくしていないでしょうよ」とヤンさん。

そりゃそうだ。

四神が人と仲良くなれるなら、魔法大国としては喉から手が出るのだろう。

やらないけどね！

「ならば遠慮は要りませんね。徹底的にやりましょう」

あら？　私のセリフがクラウスの声で出たと思ってそちらを見たら。

暗黒オーラをまとったチョー笑顔のクラウスがいましたとさ。

っ！　ひぃぇえええええっ!?

二話　報復です。

新年。

カクラマタン帝国も新年の慶びにわいていた。二日目の今日は、国民の前で皇帝が新年の挨拶をするのが慣例だ。

王城の庭が開放され、そこに夜明けとともに国民が集まってくる。カクラマタン帝国の新年は夏なので、暑さが増す前に挨拶が行われる。

庭に入り切れず、せめてと王城の周りにも人々が集まった頃、皇帝が妃たち、皇子皇女たちを引き連れてバルコニーに現れた。

国民の歓声と拍手が城を揺らす。

皇帝が満足気に片手を上げ、それらを静かにさせた。

「へぇ、随分と人望がおありのようで」

突如響いた子供の声に、会場がざわりとした。

「うちに攻撃を仕掛けておいて、随分とのんびりしてますねぇ」

皇帝が使う拡声魔法よりも綺麗に大きく響く声に、ざわざわと会場がうるさくなり、あちらこちらで警備の兵士が動き出す。

「他人ん家を勝手に魔族の国と呼んでくれてるようで？」

誰かがあそこだ！　と指したのは王城の中心にある尖塔。今現在、皇帝よりも高い場所に一人の少女がいた。

騒がしくなる会場と比例するように、皇帝の顔色が青くなっていく。バルコニーの脇に控えていた重鎮たちも、何人かが汗を流しながらキョロキョロしだした。

「こっちは新年早々めちゃくちゃにされたので、新年のうちにとお返しに来ました。もちろん、前回もう関係ないからと手打ちにした案件も含めてのお返しです！」

きゃは、とでも続きそうな笑顔の少女。

皇帝よりも高い位置にいる事に無礼だと叫ぶ大臣。

あわあわしだす皇帝と一部の重鎮。

そして、弓を構える兵士。射つ合図を待つ隊長。

しかし弓兵たちはバタバタと倒れた。唖然とする隊長の前に立つのは、剣を持った老執事。

「恨むならば貴方の上司を。お嬢様を傷つけようなど、万死に値します」

今でなければ心和む笑顔であろうが、今この老執事の全身からは暗い何かが染みだしている。隊長は自身の足が震えるのを止める事ができない。目の前の人物は誰なのかと必死に考えるがまとまらない。

兵士が次々と倒れていく。班編成されたはずのそれぞれの場には、老執事のように姿勢良く立つ人物が次々と現れた。同じく執事のような者や大剣を担いだ農夫のような者、鞭をしならせる女性に侍女のような装いの者もいる。

新年用の護衛として雇った、帝国でも有名な冒険者さえもが倒された。剣を数度交わし、だが魔法を使う間もなく。

おかしい。あの冒険者たちがほとんど何もできずに倒れるはずがない。皇帝が震えながらもそう考えた時、王城の周りに大きな音とともに巨大な柱が立った。

うねる火柱。轟音の水柱。そして、竜巻。

国民はその柱の中に自分の家が巻き上げられるのを見た。人らしき影も呑み込まれていく。

理解不能。

《ふははっ》

勢力範囲が広がっている火柱から、火の大鳥が飛び出した。ばさりと動く炎の翼の先から火の粉が落ち、人々が逃げ惑う。

《四神討伐に自信があると聞いてな。来てやったぞ！　ははは っ！》

《待て待て朱雀よ》

こちらも勢力範囲がじりじりと広がる水柱から、青い巨大な蛇のようなものが現れた。

《御主だけ飛び出してはつまらぬではないか》

《おお、すまぬな青龍よ。我らが友人がこの国の連中に馬鹿にされたと聞いては気が急いて仕方がないのだ》

朱雀と青龍。そう呼び合う二体の魔物。

その名を知る者は腰を抜かした。

まさかの四神が二柱も現れた。

《む！　なぜもう姿を現しておるのだ！　我も我も！》

一つウロウロと移動し続けてカクラマタン帝国の被害をすでに最大にしていた竜巻から、巨大な白い虎が飛び出した。

四神の白虎であることを認識した者は、その場にうずくまり命乞いをしだした。涙もよだれも垂れ流しである。

一柱でもその威圧感は立つことを諦めるほど。

今意識のあるカクラマタン帝国の者のうち、四神にまみえた者は皆無である。討伐成功率がトップだろうと、皇帝や一般人はまず高位の魔物に出会う事はない。会ったとしても生き残れるとは限らない。

そして畑を荒らしに来るような低級魔物を知る者は、そのあまりの違いに意識を手離す。

そんな魔物が三体も現れた。

「な、なぜ……」

腰を抜かしながらもまだ意識を保つ皇帝がガタガタと震えながら発した疑問は、頭上で答えられた。

「さっきも言ったじゃん。諸々の事情により徹底的に仕返しをすることにしたの！」

この現場にそぐわない軽やかな空気をまとい、フワリと降りてきた少女は。

漆黒の扇に似た何かを持ち、恐怖しか連想させない笑顔を皇帝に向けた。

皇帝の震えがさらに大きくなる。

「帝国というからには部下をもっとがっつりと掌握してもらえる？　お宅の勝手に動いた部下のせいで今回、とてもとてもとーっても迷惑したの。もう二度と、未来永劫、ドロードラング領及び関係各国にちょっかいを出さないでもらえる？　あぁもちろん、アーライル国全体も含むからね」

そう言うと少女は今語った文言を記された証書を皇帝の目の前につきだした。それをどうにか読み、承諾の証しとして皇帝が頷く。

にんまりとした少女は、何の躊躇《ためら》いもなく皇帝の手を取り、その親指に針を刺し、あっという間に証書に血判を押した。

少女は満足気に頷くと皇帝の傷を癒す。温かな感触に皇帝が微かに気を取り直すと、少女はもう関心がないとばかりにスクッと立ち上がった。

「亀様ーっ!!」

ゴ　ゴゴ、　ゴゴゴゴゴゴゴゴゴゴゴゴッ!!

自身の震えではなく、地面が揺れているのだと皇帝が認識した時には、頭が割れるかという程の轟音が響き、そして文字通り地面が割れた。
そしてそこから巨大な、心がへし折られる程に大きな亀が現れた。先に現れた四神のどれよりも大きい。
そこにはもはや半壊した、いや、まだ全壊していないだけの国があった。
皇帝は気絶したいと切に願ったが、なぜか叶わなかった。
「亀様、証書もらったよー」
《うむ。では、この約束が破られた場合、我らがこのカクラマタン帝国を消滅させよう》
亀が、いや、玄武がじっと皇帝を見つめる。
皇帝は心臓が止まるのではないかと恐れ、いっそ止まってしまえと恐怖した。
《我、玄武の名のもとに、この証書を有効とする》
《我！　白虎の名のもとに！　この証書を有効とする！》
《我も。朱雀の名のもとに、この証書を有効としよう》
《我、青龍の名のもとに、この証書を有効とする》
いつの間にか四神が並んでいた。皇帝の視界は四神で埋め尽くされた。

そして、それらを従えているような風情の少女がやはり笑顔で四神と並ぶ。

異様。

「約束、ちゃ～んと後世に伝えてね皇帝様。それができなかったら、本当にこうなるからね～？」

おもむろに少女が、手に持っていた漆黒の何かを振り下ろした。

そうして皇帝は、崩れていく城に呑まれていった。


「うぁはあああああああぁぁあああっっ!!」

カクラマタン帝国の皇帝は飛び起きた。そのままだ薄暗い寝室を転げまわる。

そうしてしばらくしてから揺れのない事に気づき、そぉっと周りを窺う。

紛れもなく自分の寝室である事を認識すると、大きく息を吐いた。

生きている。まずそう思った。

夢で良かった。強くそう思った。

寝間着は汗でべっとりとくっつき、髪は顔に張りついている。

今日は国民の前で新年の挨拶をする。さすがにこの様《ざま》では一度風呂に入りたい。

皇帝は部屋にある、侍従を呼び出すベルを鳴らした。

しかし待てど暮らせど誰も訪れず、寝室を出た皇帝が見たものは。

一人残らず気絶した侍従と侍女、自室で意識を失った王妃に妾妃、皇子皇女たちだった。

そうして城内を駆けずり回り、意識のある者を見つけられなかった皇帝は、馴染んだ執務室に逃げ込んだ。椅子にかければ落ち着くはずと机に寄れば、その上には、夢で見た証書があった。

皇帝はその場で気絶した。


国民全員で同じ夢を見た。

その事実を国民が知るのはその日午後。

皇帝が、未来永劫アーライル国に攻め入る事はしないと宣言をしたことで、この宣言を破った時にはあの夢が正夢になるのだと、国民の誰もが心に刻んだのだった。

三話　白目です。

「概ね狙い通りですよ」

初夢操作から一月《ひとつき》。

カクラマタン帝国に偵察に行ってくれていた、ザンドル、バジアル兄弟が帰って来た。

アレで大人しくならなかったら本気で殲滅《せんめつ》してやると思ってたけど、報告を聞いて私も落ち着く。

ちなみに今いるのは学園のエンプツィー様の教職部屋。

ええ、残業です。チッ。

「皇帝は精力的に動いてますよ。不正が起きないうちにと急に貴族の数を減らしてしまって貴族の暴動も起きましたが、平民がそれを押さえてました」

平民が？

「今までどの貴族におもねるかだった平民がスッパリと手を切って貴族の動向を見張ってる感じでしたね～。いやあ、国の雰囲気も変わったんじゃないですかねアレは？　がっはっは！」

笑うバジアルさんを呆れる顔で見るザンドルさん。うん、通常通常。

「皇子皇女は継承権三位まで残して他は平民になるそうです。それでの暴動だったんですが、平民もギルド所属の冒険者ほどでないにしろ魔法が使えたりしますから、王都のあちこちで大変な事になってましたね」

「あれま。援助は必要そうだった？」

「要らんようですよ。あの夢に比べたら人の手でどうにかなるうちはどうにかなるって、平民の間での合言葉になっとりましたわ、がっはっは！」

バジアルさんのこの調子じゃあ、二人とも片付けとか手伝ってきたんだろうな。

「なので今のところ、ド、ロ、ー、ド、ラ、ン、グ、は、禁、句、扱、い、ですね」

ザンドルさんの報告にエンプツィー様が大笑い。

……そうなるように仕向けたけどさ、そんなに笑う？

だってさー。

本気のクラウスを放つにはやっぱり後が怖いじゃないの。元剣聖と言っても、一人で帝国をどうにかできるほどじゃないだろうし、今回の相手は人間だ。まあ、元をたどればハスブナル国の時も人間ではあったけど、死んでまで苦しんでた人たちだったから除外。

返り血浴びまくりのクラウスも怖いけど、戦いに出て、亀様ガードがあったとして、無傷とは限らない。

あの勇者のような命と引き換えの大技をうっかり受けて、クラウスがどうにかなったら嫌だ。皆がそうなったら嫌だ。

アホな貴族のために、うちの人たち、カクラマタン帝国の平民を犠牲にするわけにはいかない。

たとえ本人たちがヤル気であっても。

かといって、腸《はらわた》が煮えくり返った皆を落ち着けるために報復を決定したのだけど。

ついでに四神への恐怖も植え付けようと、四神自らがノリノリになったのには参った。

特に朱雀。

《大暴れすると聞いて来たぞ！　まぜてたも！》

ぅおい！　わざわざ来たのかい!?

平穏な旅に退屈したんだろうと夫の村長、いや、シュウさんは言う。

……実際には崖登りという山登りとか、島々の間の海を体ひとつで泳いで渡るとか、どこに平穏が？　上級冒険者の思考はわからん！

まあ、白虎が大喜びだし、青龍について来たミシルとも会えたし、まいっか……？

「結婚式を邪魔されたですって!?　なんて命知らずな……」

ミシルさーん？


で。

四神によるカクラマタン帝国崩壊は、カクラマタン帝国全国民の夢の中で行われましたとさ。

シロクロに傷を負わせたカクラマタン帝国の二十五番目王子たちで、幻だけでも充分にダメージを負わせる事は検証済みだったしね。

もちろん子供は除いた。可哀想じゃん！

その夢の様子を亀様本体の前に皆で集まって、亀様ビジョンによる上映会。

大宴会はどうかと思ったけど、酒で気が紛れるならいいかと放置。そしたら観客による、あーしろこーしろに乗っかった朱雀と白虎により、夢の中のカクラマタン帝国はボロボロに。あらら。トラウマになるのは貴族その他の偉い奴らだけで良かったのに。

でもまあ、国民が動いたというのはまずは良い。

国のこれからを一人一人がちゃんと考え始めたという事だから。

それで上手くいく事ばかりじゃないけど、そこは自分らで考えてくれ。

カクラマタン帝国はしばらくはゴタゴタするかな。ざまぁ。

《討伐されたとは言っても目覚めたばかりの意識がはっきりしない時がほとんどでな。しっかり覚醒すれば恐るるに足らんのだ！》

宴会で得意気に赤い孔雀《くじゃく》が言う。……酔ってるな。酔うと獣型なんだ。

《そうだそうだ！　恐るるに足らんのだ！》

白虎も小さい体でぴょこぴょこと跳ねる。体が軽いとはいえ誰彼構わずにつっこむから、あちこちから「ぐへっ！」とか聞こえてくる。

《お主ら、そんなに暴れては皆の迷惑だろう》

お、真面目っ子青龍がたしなめる。

《硬い！　硬いぞ青龍！　もっと砕けろ！》

《そうだそうだ！　こんなに楽しいではないか！》

ガチャン！

何かが割れた音に皆が白虎を見る。ぴたりと動きが止まり汗がだくだくと流れる白虎の足下には、割れた酒瓶と溢《こぼ》れた酒が。

そろりと視線をこちらに向ける白虎に笑顔を返した。

「楽しむのはいいけど、迷惑かえりみずに調子に乗るのはどうかなぁ？」

ハリセンを出すと、獣たちから小さな悲鳴が上がった。


それが新年初日の話。

新年二日目にもなぜかまた結婚式。

今度はあの王妃たちデザインのドレスにて、アーライル王家をはじめとする交流のあるほとんどの人たちが呼ばれていて、大宴会に。

そう、結婚式という大宴会。

……昨日も宴会してたんだけど……？

私以外のドロードラング領民と騎馬の民は皆裏方。これも私は知らされていなかったので、また朝から白目剥いてました。アンディは安定の王子仕様です。
「だから規模がおかしくないか!?」
アイス先輩！　お久しぶり！　ドロードラングすごいでしょ！（白目）
「結婚式と聞いたんだが……祭りか？」
ブライアンさん！　今回もバンクス領から野菜と果物をありがとうございます！（白目）
「いやいや、スゴいね～。もっと酒要る？」
セドリックさん！　カーディフ領のワインはうちでも人気だよ！　豊潤な香りが亀様も良いって！　でも今日はもう要らない！（白目）
「こんなに賑やかな結婚式は初めてです！」
私も初めてですよドナルドさん！　ダルトリー領産の紙にはいつもお世話になってます！　紙吹雪の準備はもういいです！（白目）
「公式ではこうはいかん！」
自重しろよ国王よ！（白目）
「喧《やかま》しいわ！　お前らの後処理をこれからするのかと思うと騒がずにいられるか！」
そうでした！　よろしくどーぞー！（白目）
「なんですって？　昨日の分のお色直しを今しなさい！　騎馬の国の衣装を着たところを見たかったのよ！」

ステファニア様？　我が国の王妃と側妃たちはどこまでうちの侍女たちと仲良しなの⁉（白目）
「いやはや賑やかで大掛かりな宴会じゃの！」
シン爺ちゃん……あそこら辺にパンケーキあるから……（白目）
「本日はおめでとうございます」
ギンさん！　安定の常識人！　いつも醤油をありがとうございます！　今日は皆さんで演舞をありがとうございます！　こんな宴会での披露になってごめんなさい！（白目）
「イズリール国王家でもなかなか見ない規模だな」
ジアク領主さん！　アーライル国でも見ない規模です！　今日の事私把握してません！（白目）
「笑うしかないなぁ！」
山賊ギルド長！　私は白目しかできません！（白目）
「ドロードラング領は噂以上に凄いですねぇ。本日はおめでとうございます。お招きいただきましてありがとうございます」
が、学園長ぉぉぉおっ‼　あそこで部下と生徒をほっぽって料理を貪ってるエンプツィー様に学園長の爪の垢を飲ませてもらっていいですかね？（懇願）
「同じ塩を使ってるとは思えない料理の旨さ！」
ミシルの村の料理も充分美味しいよ！　地域色だよ！　いつも塩と海産物をありがとう！
「いっぱい練習したから見てててね！」

そう言ったレシィが見せてくれたのは。

ラインダンスをするコトラ隊をきらびやかに演出した光魔法だった。

おおおっ!!

そうして二日目の大宴会は夜更けまで続きましたとさ。


余談。

ドロードラング侍女アーンド騎馬の国の女性陣監修のドレスは。

騎馬の国の女性の、重ね着する民族衣装。

祝いの赤色をベースに、襟の重ねを色違いにしたり、袖口の刺繍が色とりどりの上に、小さい金板やら鏡やらも縫い込み、服の丈も長くされて足が見えない。その服をとめる最後の帯がまた頑丈で、日本の着物の帯を連想させるもの。細いは細いんだけど、結ぶのが大変。

更にベールのように被る布にたくさんの金色の金属の飾りが付いたのだけど、これがまた重い!

さすが金属!

恐るべし!　十五キロ!　見た目モコモコじゃらじゃらしてるでしょ!?

男性は黒をベースに赤の差し色で刺繍も小さく、全体的にシンプル。ベルトや飾り剣は金属じゃらじゃらだけど髪飾りはない。

「騎馬の国の結婚式は、服は母親、料理のための獲物は父親、花嫁を着飾らせるのは新郎の甲斐性と言われます」

　ダジルイさんが騎馬の国のしきたりを教えてくれた。

　なるほどね。あれもこれもとアンディがお母さんたちに押し切られたんだな。ちょっと困った顔してたし。でも甲斐性なんて言われたら乗っかっちゃうよね～。

「私の知る中での最高記録ですね」

　どうりで重いわけだよー！

「耐えた重さの分、お祝いがもらえるんですよ」

　っしゃあっ！　頑張ります！


　で。頑張った結果、一週間くらい肩の調子がいまいちだったんだよね～。

　ほんと、欲深いのは身を滅ぼすわ……。

　ちなみにお祝いとは使用した金属飾り。

　新郎が払った金額を結婚式に参列した人数で割って、それをご祝儀にプラスするんだってさ。なるほどねー。

　終わってからほとんどの金属飾りを鍛冶班に渡し、私の使った髪飾りをひとつアンディが持って、私はアンディの使った小物をひとつもらいました。

　へへ。

終わってみれば楽しかったな、結婚式。
白目ばっかだったけど……

四話　終わりです。

「はい、これで引き継ぎは終わりです、が、最後にこれだけは守ってください」

私の言葉に頷いた相手を確認して、本当にこれだけはと思う事を伝える。

「エンプツィー様に手加減は無用！　そして不要！　一撃必殺で構わない！」

「承知いたしました。肝に命じます」

穏やかに頷くのは、ドロードラング領の歌姫の一人、インディ。

私がエンプツィー様の助手を辞めるにあたり、後任に決定。

「そこまでせんでも良かろうに。老人は労《いたわ》るものじゃろ？」

と、エンプツィー様は憮然とするけど、あんたを追いかけるのにどれだけ苦労すると！

「お任せくださいエンプツィー様。亀様のお力で地の果てまでも追いかけられますから、お嬢様式で誠心誠意お仕えいたします」

にっこりインディに、ガビーン！　という背景が見えそうな顔をするエンプツィー様。そりゃ亀様の手助けがあるなら、追われる方はそんな顔になるわな。

「ていうか、インディだって新妻ですからね。無茶はさせないで下さいよ」

おおそうじゃった！　と好好爺《こうこうや》になるエンプツィー様。

「押しかけ女房だったか？」

おーい！

「はい。ですから、旦那様以外には躊躇いたしません」

またもにこりとやり返すインディにエンプツィー様はまたガビーン！　となった。……懲りないなぁ。

こんな感じだから慣れるまでは手こずるよとアイコンタクト。インディは小さく笑って頷いた。まあ、知らない仲でもないし、領でもあの子供たちを相手にしてたから、突拍子もない事には慣れてるか。

何で学園の卒業生でもないインディが選ばれたかというと、インディの旦那が王都騎士団勤務だからである。そういう事ならアイス屋勤務でも良かったのだけど、とにかく助手の後任が見つからなかったのだ。

教師陣は現学園長はじめ、魔法科の卒業生、卒業見込み者の皆が無理と言う。ヤンさんにも断られたし。……私、上司だよねぇ？

青龍が名乗りを上げたけど、ミシルは卒業したら国に帰るし、それについて行きたがってるのは見え見えだ。青龍は臨時講師として今まで通り放課後練習の担当になる。四神のパートタイマー定着化。

白虎は論外。朱雀は除外。

亀様は意外と止めないし……すぐ面白がる。

なので。
・スイッチが入れば容赦がない
・魔法に慣れていて
・美味しいお茶を淹れられる片付け上手な身体能力の高い人
という条件で本人も納得したのが、今回はインディだけでした。

まあ専属侍女っぽいけど、インディのことだから魔法が使えなくてもエンプツィー様の仕事のフォローはできると思う。魔法的多少の無茶は私と白虎で慣れてるだろうし。

それになにより、今回の仕事への旦那さんの理解が得られる！　これ結構大事。

旦那さんは学園の卒業生だからエンプツィー様をよく知ってるし。もしもの時は助けてねー！

わははは！


頓珍漢《とんちんかん》勇者一行はドロードラング領にいただきました。カクラマタン帝国じゃみそっかすだったようだけど、なんのなんの。

勇者、魔法使い、神父は教師として日々頑張ってもらってる。

日々を諦めなかった人たちは博識だ。

子供たちもそれぞれに得意分野があるのだけど、私らでは基礎を教えることしかできていなかった。それでもいいと思っていたけど、もっとやりたい子にはずいぶんと我慢をさせていたようだ。ごめん。

この三人は、毎日の「何で何で？」攻撃に参っているらしい。だけど、少し楽しそう。

重戦士美少年は親方たちに連れていかれ、こちらも毎日オッサンどもから「何で何で？」だってさ。

やっぱ世界って広いなぁ。親方の知らない事がまだあるなんて。

「自分が必要とされているって、こういう感じなんですね……」

ご飯の時に最近どうよと聞いたら、四人ともちょっと照れてた。

ふふ、そーかいそーかい。もう君ら終身雇用だから、ドロードラング領の発展のために死ぬまでよろしくね〜！　うはは！


「アーライル学園、ひいてはアーライル国の発展を願います」

卒業生代表がステージを降りたら卒業式はほぼ終わり。

生徒側から見るとこんな感じなんだなぁとぼんやり。

今日で卒業するんだなぁ。

……何だか、学生の時間て、濃ゆいよねぇ……学生の時間以外にも色々とあったけどさ……

転生を知ってから十年。

ドロードラング領はとても変わった。

ゲームにはいなかった四神が現れ、守られ、しょぼい悪役令嬢サレスティアは生きてアンドレイ王子と結婚する。

ゲームとは違う未来を今、生きている。

……なーんて言ってみたところで、私が好きだったのはゲームよりも薄い本なんだけどね。

……皆、元気かな。

前世の家族。友達。ご近所さん。職場の先輩後輩。それまでに関わった人。

貧乏以外に不満はなかった。

なのにまた、今度は極貧生活から始まった。

ははっ、おっかしい。なんで貧乏繋がりなんだろ？

立ってるものは親でも使え。だから、私ができる事は何でもやった。

ドロードラング領の皆は本当に本当によく動いてくれた。

だから私は立っていられた。

お腹をすかす日がなくなった。良かった。

大宴会ができるようになった。良かった。

皆が笑う。良かった。

同じ思いで、皆と笑える。

それは、とても、尊い。

そばにいても、離れても、変わらない。

そばにいても、離れても、大事なものは、大事なもの。

大事なものがこんなに増えるなんて思っていなかった。

5才で手を貸してとお願いした時、目指したけれど、ここまでになるなんて思ってなかった。

こんなに、こんなにも。

私のあたたかな世界。

願わくば、世界中が。

共にいる人たちにも、そうであって欲しい。

《乙女は欲が深いな。ふふっ》

あらそうよ亀様。乙女は欲深いの。

綺麗になりたいし、可愛くなりたいし、美味しいものは絶対食べたいし、友達と遊びたいし、好きな人とも一緒にいたい。

毎日楽しくありたい。

でもそれは、一人では叶えられない。

自分だけでは成り立たない。

だから考える。どうすればいいのかを。

手を伸ばして、繋いで、後ろを振り返って、横を確認して、前を見て、また一歩を踏み出す。

晴れの日も、雨の日も。

成功も、失敗も。

今日が駄目なら明日。右が駄目なら左。その先が見えたなら、もうひと踏ん張り。

行ってきます。行ってらっしゃい。

ただいま。お帰り。

いただきます。ごちそうさま。

おやすみなさい。

おはよう。

その一歩の幅はそれぞれに違う。違うからこそ、手をとりあって確かめ合う。


「お嬢。式が終わったから移動だよ？」

前の席のミシルが振り返って立ち上がる。

「行こ」

なんの躊躇いもなく笑顔で差し出される手。最初は近づくのも難しかったなぁ。

そう思い出しながら手を繋ぐ。

「あ！　私も私も!!」

スミィがミシルとは反対側に立ち、腕に摑まった。

「いつも思ってたけど、このほっそい腕でよくあのハリセン使うよねー」

私の周りで笑いが起きた。いやハリセンは魔法だから！

「お嬢の魔法は可能性がありすぎるよ」

商家のテッドが褒めてんだか何だかな事を言う。

「でもおかげで、入学前よりとても楽に魔法を使えるようになりました」

男爵っ子ウルリもおどおどしなくなった。タイトにも耐性できたもんね。

「そうだな。入学してからずいぶん変わった」

パスコー伯爵家を除籍になり、平民になったフィリップは穏やかに笑うようになった。

「ああ！　もうアイス屋で学割がきかないなんて！」

騎士科の誰かが頭を抱える。ぶはっ！　アイス先輩かい！

「私、頑張って稼いでドロードラングホテルに泊まりに行く！」

侍女科の誰かが言ったことに、俺も私もと続く。ぉお。

「その頃にはお嬢はラトルジン領にいるだろうけど、もし会えたら褒めてね！」

……うん。頑張れ！

「旅の途中どこかで珍しい物を見つけたら持ってくわ」

……うん、楽しみにしてる！

「ヒズル国にも観光に来てもらえるように頑張るね」

ミシル……うん、頑張れ。

「頑張れ、みんな……」

スミィ……！

「あはは、涙もろいなぁ！　お嬢には色々お世話になったからね。お嬢が困った時は呼んでよ。もちろんお嬢だけじゃないよ、ドロードラングの誰かでも、同級生の誰かでも！　だからね！」

「お前が一番に助けを呼びそうだな」

「なんだとフィリップ！　……そうかも！」

笑ってしまった。皆で。

皆と。

「お、旦那様のご登場だ」

旦那？　とそちらを見れば、アンディがホールの扉前で小さく手をふっていた。

「わざわざ来てくれたの？」

「うん。生徒姿のお嬢は貴重だからね。ふふっ。卒業おめでとう」

駆け寄るとふわりと抱きしめられ、ちょっとだけ抜けてきたからすぐ戻るよと、アンディは本当にすぐに行っちゃった。

「あ～あ、ニヤニヤしちゃって」

ふ、ふふっ。だって嬉しいじゃん。あ、一応公式にはまだ婚約者です。

あぁ、なんて贅沢なのだろう。

会いたい人に会いたいと思われるなんて。

ちなみに今日私の保護者席にいるのは、クラウス、ニックさん、カシーナさんにサリオン。マークとルルーはお付きエリアに立っている。「今日は兄上の代わりです！」と言うサリオンの可愛さよ！　お姉ちゃんは嬉しいよ。

学園は今日、卒業してしまうけど。ドロードラング領からも、いつかは離れるけど。

これからも、どこかで、誰かが。

誰かと新しい出会いがあって。

これからも世界が増えていく。

でも、もっと。

もっともっと。

ふふっ、欲深い？

だって私の知らないものを知ってる人たちよ。そんな出会い貴重だよ。

美味しいものを知ってるのよ。とってても貴重だわ！

欲深い。

ふっふっふ、あれもこれもなんて贅沢よね。

いや！　これからも頑張って！　美味しいものをたくさん食べて！　洗濯に困る上等な服を着るのよ！

……なーんて。

ぅよしっ！　これからも頑張っていくよっ！

私《わたくし》、サレスティア・ドロードラングは、ずうぅっと！　贅沢三昧を目指します！

ドロードラング・ハロウィン

「はあああああっ!?　作っただとおおおっ!?」

ラトルジン侯爵の驚きの声が屋敷に響く。今日も元気でなによりです。

「あらまあ。ドロードラングの職人は優秀ねぇ」

夫人がソーサーにカップを置きながら、呆れたように驚く。

あの怒濤の結婚式から、未来の嫁ぎ先のラトルジン領と行き来するようになった。弟サリオンがひとり立ちするまでの間に、私も少しずつラトルジン領に慣れるように。

といっても侯爵夫妻は王都にいる方が多いので、今日は王都のラトルジン侯爵邸に来ています。

ドロードラング領で作った道具を、侯爵夫妻とその後継になるアンディにお披露目～♪

その名も魔力測定器。ジャジャーン！

いや、あるよ。王都と周辺の領には昔々からの貴重なものが。ドロードラングは田舎も田舎だからないだけで。

でも、学園の測定器がちょっとポンコツなんじゃね？　と最初のドロードラング領夏合宿でチラッと思ってから、他のも実はポンコツなんじゃね？　とずっと考えていた。

　そしたらカクラマタン帝国からの頓珍漢勇者一行が作れると言うじゃありませんか。希少機器を作れるなんてうちの職人たちが燃えたのは言うまでもない。だがドロードラング領にはない。

　イチから作りだしても良かったが、元がある方が楽ということで、さっそくラトルジン侯爵領の魔力測定器を借りて調べるところから始めた。そしたらば魔力の有無を判断するだけの機器と判明。そういう意味では私の思うポンコツではなかった。魔力量や属性判断の部分が大雑把だっただけで、当時の技術としては最上だったのだ。

　基礎はそのままで良しとして、魔力量測定と属性判断を付与。実験としてクラウスと私で試運転。実は何かしらの属性があるんじゃ？　とひっそり思われていたクラウスはやっぱり魔力なしと判断され、私は想定魔力量を上回ったからか、測定器が壊れた。

　…………ふ、ははははは！　その場にいた全員が真っ青通り越して真っ白になったよねー！

　……借り物を壊すなんて、もう錯乱ですよ……

　いち早く正気に戻ったクラウスが動き、皆で転移して侯爵に土下座。

　ラトルジン侯爵領でも魔力を持つ人は稀なので、それなりに直してもらえれば良いと許しをもらえてまた土下座。

　そこから基礎ごと試行錯誤を繰り返し、私が測定しても壊れない物がやっとできあがり、お披露目にこぎつけた。

「いえ、今回は私の魔力ありきにしましたけど、基礎の強化はカクラマタン帝国の技術です」

直径二十センチの水晶が主な道具で、これに色々と詰め込んでの測定なんだけど、水晶そのままだと私の魔力量に対応できなかったから、いつもの黒魔法で強化しました。

基本は純粋な宝石が望ましいが、そこまでデカイものはアーライル国で産出されないし、買うとなるとえらく高い。……だから大雑把な測定器だったんだろう。ああ予算……

カクラマタン帝国は宝石の産出国でもあるので、それもあって魔法が盛んなようだ。

「あの四人組？」

隣に座るアンディが若干顔をしかめた。

「そうよ。今じゃ職人たちにも子供たちにも引っ張りだこで、なんか逆に申し訳ないっていうか……」

「は？　僕はまだアイツらを許していないからお嬢が申し訳なく思うことないし」

「アンディ、まだ怒ってるの？」

「一生根に持つ予定です」

「一生!?　私はあれはあれで思い出だよ～。アンディを怒らせると怖いけど、怒ったアンディも格好良いからね！」

「っ……」

「タキシードだったからより良かったよねー！　正装でキリッとしてるのとはまた違う魅力！　う

ちのアンディはどこから見ても格好良いよって自慢したい！　メルクが直接見てくれていたら絵にしてもらいたかったもん！」

「…………くっ！」

あの時のアンディは怖かったけど、これで働き盛りになった頃にはどうなっちゃうのっていう格好良さを思い出していると、侯爵夫妻から生ぬるい空気が。

「あらあらあらあら」

「やれやれ……」

あれ？

＊＊＊

「はろうぃん……？」

ドロードラング領屋敷執務室で、代表してルイスさんが繰り返した。

「そう。測定するだけじゃつまらないからさ、行事にしない？」

収穫祭が終わったが、冬の準備をはじめるにはまだ余裕がある。そして今季の収穫も上々だった。

いえ～い。

「測定した子供にはお菓子をあげるの。魔力があってもなくてもお菓子がもらえるなら、それ目的で皆やってくるかと思って」

現在、大きな戦争はおこっていないが、縋《すが》るようにドロードラング領にやってくる人たちが跡を絶たない。難民という程に深刻なものではないが、のっぴきならない事情はそれぞれだ。魔法使い不足のドロードラング領としては魔力持ちの確認をしておきたい。本人の意思を尊重するのは第一だけど、サリオンの補助になってくれる人物をスカウトしたい。

亀様も白虎もいるなら必要ないとも会議で言われたが、亀様はともかく白虎はいついなくなるかわからない。今はサリオンにべったりだけど、基本は気分屋だし。……四神が二柱いるのが異常なの。普通はいないのよ。いなくなった時の保険が欲しいのよ。

置いといて。

魔力測定は暗い部屋で行われる。魔力に反応する水晶の光り具合を見るので、暗闇じゃないとわからない。

魔力があると判明すれば将来性が変わるので、測定するのは主に子供。

日の入りとともに寝るのが普通の平民の子供は、まー、真っ暗闇を怖がるわけよ。ひどい時にはひきつけを起こすくらい嫌がるらしい。

水晶に手を置いてから部屋の明かりを消すと、星明かりもない空間はとても恐ろしいらしく、魔力測定を終えた子はしばらく付き添いの親から離れない。その姿を見た他の子供たちは測定に行かないと言い出す。

どんな肝だめしだよ……

とまあ、そんな事を含めての改良をしたので太陽の下で測定しても結果はわかるようになった。が、遊園地事業でお化け屋敷を断念した身としては、これをイベントにしたい。お菓子の分が損だが、測定は怖くも痛くもないし、暗闇もそれほど恐れるものじゃないと思ってもらえればいい。

「とかなんとか言いますけど、お菓子を配りたいだけでしょう？」

ルイスさん！　当てないで！

「ふふふ、大人はどうしましょうか」

侍従長のクラウスが笑いをこらえながら聞いてきた。

大人も数は少ないが測定する。そのだいたいが冒険者だ。

「ええ？　大人はいらないでしょ。欲しい？」

「いりませんよ。ドロードラングは安くて美味いものがいっぱいありますから何かは買えるでしょう。子供と同じ菓子までタダで欲しがる奴は馬車馬よりこき使ってやりますわ」

執務室にいる大人たちはルイスさんの意見に賛成で、前世日本のお祭りハロウィンとも違う、ハロウィン決行です！

＊＊＊

「とりっく、おあとりーとぉ！」

部屋が暗闇に包まれた中、可愛らしくも力強い呪文が唱えられた。

「いーち、にーぃ、さーん、しーぃ、ごおーっ！」

直後に小部屋の明かりがつけられた。水晶に両手を乗せていた男の子は、明るくなった室内に入って来た父親を見て緊張が取れたようだ。父親に「よくできました」と頭を撫でられると得意気な表情に。

「はい、おつかれさまでした。暗い中でよく頑張ったあなたにご褒美よ」

焼き菓子を詰め込んだ紙袋を、父親と並んだ男の子に手渡す。

紙袋から漂う甘い香りに男の子の目がキラッと輝いた。

「ありがとー！」

父親が小さく頭を下げてから親子は小部屋を出て行く。今日の測定は彼で最後だ。

はあ〜、なかなか魔力持ちはいないなぁ。でも参加率は悪くない。お菓子を抱えた子が宣伝になるからか、今のところ泣き叫ぶまでの子供はいない。それだけでも良かったか〜。

「おつかれさま」

「あれ！　アンディ、来てくれたの？」

ひと息吐くと、アンディが扉から顔を出した。今日来る予定はなかったのに。

「うん、様子を見に来たよ。今の親子を見ると上々みたいだね」

「今のところはね～。やっぱりなかなか魔力持ちはいないみたい」

「移住者が多いドロードラングでも見つからないかぁ……まあ始めたばかりだし、お嬢みたいに突然覚醒するかもしれないしね」

それ。だから年齢上限を決めて毎年行う予定です。

「ところで、とりっくおあとりーとってどんな呪文？　カクラマタン帝国で使われているの？」

「あー、呪文じゃないんだ。何かっていったらおまじないみたいなものだよ」

もちろんカクラマタン帝国でも使われていない。私の気分を盛り上げるだけのために、測定に来てくれた子供に言わせてるだけ。その後の一から五までのカウントは、微弱な魔力にも水晶が反応しやすいように時間稼ぎである。

「そうなんだ」

「うん。もともとは先祖供養の儀式と収穫期のお祭りが合わさった行事で、子供がオバケの格好をして家々を回る時に言ってた合言葉なんだって。お菓子をくれないといたずらするぞーって。……って何かの本で読んだんだ！」

……これで誤魔化されてくれないかな……？

アンディもよく本を読むから、今頭の中でどんな本か検索かけてるんだろなぁ。……お願いスルーして！

「へぇ、お菓子をくれないといたずらするぞ、かぁ。確かに子供向きだね」

「可愛いよね！」

「はは、お嬢が言ってもドロードラングのみんなは喜びそうだ」

やった、スルーしてくれた～！

「あはは、成人したばかりだしねー。私もまだお菓子もらえるかな？」

「お嬢は成人してもずっともらえるよ、きっと」

油断した。

アンディがハロウィンの謂《いわ》れをスルーしてくれたことで気を抜き過ぎた。

「よしじゃあまずはアンディから、トリックオアトリート！」

一拍おいてからにこりとしたアンディは私の右手薬指に嵌《はま》る糸の指輪に触れると、そのまま手を優しく握った。

「残念。今お菓子の持ち合わせがないんだ」

アンディは私の手を口元まで持ち上げる。

「困ったな、どんないたずらをされるのかな？」

そして指輪に軽く口付けながら見上げてきた。


ぼふん！

「いいいいいたずらなんてしないしーっ⁉　お菓子もいらないしーっ⁉」

瞬間的に手まで真っ赤になった私は叫び、アンディは残念と笑った。

ダジルイの再婚報告

豊かだが。
じっと身を潜めるために表情筋は固くなっていく。子育てをする女たちは男に比べればいくらかは
騎馬の民は成人してしまえばあまり表情を崩さない。家庭を持ち獲物を狩る事が多くなるので、
子供たちの子供たち、ダジルイの孫たちは、親の立ち上がってはしゃぐ姿にぽかんとしている。
ダジルイの子供たちの反応に、ヤンとダジルイは呆気にとられた。
「「「やったあああ!!」」」

その息子が二人飛び上がって喜び、一人娘が顔を真っ赤にしてきゃあきゃあと言う。嫁たちも娘と一緒にきゃあきゃあと騒ぎ、娘の旦那も息子たちと喜んでいる。

「反対されるかと思ったのに……」

夫と死別したとはいえ、孫もいるような年齢である。これから子供ができるかどうかも分からないのに、再婚など恥ずかしいと言われるだろうと思っていたのだ。

少し落ち着いて座り直した長男が笑った。

「何でさ。再婚するだけならもっと早くしたって良かったんだ。母さんは男衆並みに狩りが上手いけど、女手ひとつで大変だったろう？」

「母さんモテるのに、他の男《ひと》に全然見向きもしないし、ただ父さんに操を立てているんだと思ってた」

次男も続く。

「操を立てるというか、必死に生活してただけよ……」

「そうよね。どんどん困窮して行ったから、私たちの結婚も危うかったものね」

国が疲弊していたので、国民の誰一人として裕福な暮らしはできていなかった。娘たちの花嫁衣装の刺繍も色の種類が減っていき、その代わりというように父親たちは必死に結婚式用の狩りをし、母親たちは揃えられない花嫁道具に裏でそっと泣いたものだった。

もうそんな思いをしなくて済むのだと、ダジルイも娘と嫁たちと苦笑した。

両親が揃っていてさえそんな生活だったのを、ダジルイは一人でやってのけたのだ。もちろん助けを求める事はしたし、求められた時はできるだけ応えた。持ちつ持たれつは騎馬の民の国民性である。

だから、若くして連れ合いを亡くした場合、その後に再婚することは珍しくはなかった。ダジルイのように一人を貫く方が珍しかった。

ダジルイとしてはその日その日を生活することに精一杯で、再婚など考える暇もなかっただけだったが。

「……案外というかやっぱりというか、不器用だよな？」

隣に座る男に視線をやれば、口もとがにやにやとしながらも目は優しい。狡《ずる》い男。ダジルイは困ることしかできない。

「そんな母さんが、ヤンさんと結婚するなんて！」

長男の声が大きくて驚くと、

「青天の霹靂《へきれき》！」

次男も大声で失礼な事を言った。

「ふふっ、俺は晴れの日の雷か？」

苦笑しながらヤンが聞くと、子供たちはまさか！　と言う。

「違いますよ、お母さんの方です！」

娘が言いきると全員が頷いた。それをまたヤンは笑う。ダジルイに睨まれないように顔をそむけて。

「だって再婚どころか恋愛に興味なさそうだったお母さんが！　騎馬の民憧れのヤンさんと連れ添うなんて！　こんなびっくり、嘘かと思うじゃないですか！」

ひどい言われようである。しかしヤンもダジルイも首をひねる。

「ちょっと待ってくれ。なぜ俺が憧れなんだ？」

「「「　誰よりも綺麗に気配を殺せて、獲物を一撃で仕留められる様に無駄がないからです!!　」」」

子供たちの揃った声に、孫たちとヤンはポカンとする。

そろりとダジルイを見るヤンの目には、そんな事で？　と書いてある。

「騎馬の民にはとても大事な事です。罠要らずという事は腕が良い証拠になりますから」

ダジルイは一緒に行動していたので、ヤンのその能力の高さも尊敬しているところだが、いつその事を子供たちが知ったのだろう？

「ザンドルさんとバジアルさんがすごく褒めてたんだ。アイス屋を引退したら騎馬の国に呼びたいって」

ああ、と二人が納得する。ザンドル、バジアル兄弟とはよく組んで仕事をした。野宿の時はヤンが狩りをした事もあったので、その時の事だろう。

ドロードラング領の執務室勤務のルイスの弓の腕も、騎馬の民の憧れであるが。

「なので、自慢します！」

次男が言うと、皆が頷いた。

その様子にダジルイは呆れながら、ヤンに対して申し訳なく思う。派手な事を苦手とするヤンに自慢にすると宣言する子供たち。反対される覚悟で来たのだが、思いもよらない事態になっている。

嬉しいは嬉しいが。

「じゃあ、俺がダジルイをもらう事に反対はないんだな？」

「「「　ありません!!　」」」

打てば響くような返事に、ダジルイは色々と恥ずかしい。

「ただ」

長男がヤンに向かって少し前に出た。

「俺たちも家庭があり独立したとはいえ、大事な母親であるのは変わりありません。大事にしてください」

ダジルイは目を丸くした。まさか子供にこう言われるとは。

隣に座るヤンの雰囲気が柔らかくなった。

「利き腕にかけて」

騎馬の民は狩猟民族である。利き腕をなくす事はすぐ死活問題になる。そしてこの文句には、誓いを破った場合は生き恥を晒すという意味も含まれる。

騎馬の国の、絶対を表す時の誓いの言葉だ。

ヤンはいつ知ったのだろう？　この場でそれを発する、その覚悟をいつ決めたのだろう？

「泣くなよ」

その感触に慣れた大きな手と少し掠れる囁き声が、ダジルイの頬を伝う涙を拭う。

「嬉し涙です」

「そうか」

抱きしめられた。

子供の成長と、伴侶となる男の優しさに、嬉しいやら恥ずかしいやら。

「いい今から！　ささやかですけど祝宴の準備をしますね！　夕食には間に合わせますので！　兄の家にいてくださいね！」

娘が嫁たちといそいそと出て行くと、息子たちも狩猟道具を持ち、また後で！　と出て行った。

「あれま、宣言だけの予定だったんだが……いいのか？」

耳のそばで囁かれる低い声に甘えたくなってくる。ダジルイは涙がひいた顔を上げた。

「はい。孫たちの時のいい予行になりますし、そんなに大きな物にはならないと思いますから」

そう言いながらダジルイはヤンからゆっくり離れ、置いていかれた孫たちを抱き上げ、一人をヤンに抱かせた。

領地の子供たちの世話もするヤンは難なく抱っこする。

「ふっ。結婚した途端に孫までできた」

「嫌でしたか？」

「全て含めてのダジルイだ。それに、俺の今までを考えりゃ、お前の方が困るんじゃないのか？」

「全て含めての貴方ですよ」

ダジルイがお返しとばかりに言うと、ヤンはくしゃりと顔を歪めた。

「……孫の目の前じゃ、キスもできないな……」

困った事をぼやく愛しい男の頰に、ダジルイは口づけた。
嬉しそうな顔をした男に、孫たちも真似をして、頰に顔をつけた。
ダジルイはその様子が愛しかった。

狩り

鬱蒼と葉が生い茂る森を駆け抜ける影。

その影を追って魔物が続く。犬に似たものが三匹、鳥に似たもの三羽、猿に似たもの三匹。

「あっ」

身につけていたマントの裾が枝に大きく引っ掛かって影の速度が落ちた。

その一瞬の隙に魔物たちが距離を詰め、マントを離し体勢を整えようとしたダジルイに飛び掛かった。

ギャアア！　ギャウン！　ガアッ！

ダジルイが振り向きざまに投げた三本のナイフは、地を這うように追いかけてきていた犬たちに刺さり、その勢いを殺す。木を伝っていた猿には短剣を横薙ぎにし、その腹を裂いた。

鳥は回避のためか、木々の間を飛んでいる。

ダジルイはひとつ息を吐く。倒したのは猿一匹。失態だ。

残っている猿は木を跳び移りながらこちらの様子を見ている。鳥は枝に止まろうとはせずに大きく回り込もうとしている。犬は怒りを露《あらわ》にし、ナイフが刺さったまま一斉に飛び掛かって来た。

両手に短剣を構えタイミングを計る。

ダジルイの首を狙って来た犬を避け、さらに高く跳んで来ていた後ろの二匹の腹を下から裂き、最後の犬に集中しながらも他の魔物の位置をちらりと確認。

木から飛び降りて来た猿を転がって避けたものの、起き上がる前に犬にのし掛かられた。爪が肩に食い込む。

犬よりも牙が発達してるのがやはり魔物なのだなと一瞬思うと、

「そいつに乗るのは俺だけだ」

ギャウン！　とダジルイに被さっていた影が消えた。だが鳥がこちらに向かって来たのを確認、即座に起き上がり膝をついたまま短剣を投げて命中させる。

他はと辺りを見回すと追いかけてきていた魔物は全て事切れていた。

その中にはヤンが立っていた。

「怪我は？」

こちらに来たヤンが手を差し出し、ダジルイを立たせた。

「ありません」

かすり傷はあるが報告するほどの怪我はない。ダジルイはヤンの顔を見てホッとしたが、少し落ち込んだ。

「すみません、予定の時間稼ぎに足りませんでしたね」

その様子にヤンが苦笑する。

「そうだな。だが慣れない森の中だし、よくやった方ではある。さすがだよ」

そう言いながらダジルイをそっと抱き寄せたヤンは彼女の耳に口づけた。こんな時間が取れたかならなと囁いて。

「……採点が甘くないですか?」

真っ赤な耳で顔を上げようとしないダジルイ。こっちもまだ慣れないのかとヤンはほくそ笑む。

「二人しかいないんだから相方の採点は絶対だろ?」

ふっと息を吐いて肩の力が抜けたダジルイを離す。辺りには二人の他に気配はない。

「さて、ダジルイが囮《おとり》になってくれたおかげで追っ手は全部片せた。もうすぐ森も抜けられる」

進行方向を見ながらヤンが目をすがめる。

「行きましょう」

ダジルイはヤンのその表情に、まだ楽観できる状況ではない事を知る。

「休んでてもいいぞ」

「あら、私を置いて行こうだなんて弱気ですね」

そう来るか、とヤンはにやりとした。

ダジルイは戦闘においてはヤンのその表情に全幅の信頼がある。

「じゃあ次は俺が囮だ。遅れるなよ」

「はい」


木の陰に入りながら森の外を覗くと草原に魔物の大群がいた。

その数に、よくまあここまで、とヤンは血が滾《たぎ》る。

暗殺者として群れに正面から突っ込むという経験はない。それは暗殺の範疇《はんちゅう》ではない。

歳を取ったら臆病になると思っていたが。

隣の木陰に同じように潜むダジルイと目が合った。彼女は小さくも力強く頷く。

血が、さらに滾る。

飛び出した。

間合いの外を走るダジルイの足音を聞きながら、ヤンは両手に剣を持った。

足音に気づいた魔物がヤンを確認した瞬間、その胴体は上下に分かれた。続けざまに次の魔物の首が飛び、その次は袈裟斬り、首、上下、左右と斬られた魔物が次々と倒れていく。

密集していた魔物の一角が崩れる。

ヤンの後ろから飛び掛かってきた肌が緑色の亜人には、ダジルイの投げたナイフがその頭部に刺さった。その間もヤンは魔物を斬っていく。

三メートル程の一つ目巨人がゴツゴツした棍棒を振り回しながらヤンに近づく。その一つしかない目にダジルイのナイフが刺さる。しかしナイフ一本では倒れず、他の魔物も巻き込んで暴れだした。棍棒に吹っ飛ばされる魔物たちを尻目にヤンは別方向に動き、態勢の整わない魔物たちを斬り続けた。

剣から伝わる感触が、ヤンを高揚させる。

今まではこんな大振りで剣を振るう事はご法度だった。手負いの敵に止めを刺さず、それすら強みにする事もなかった。

何より、自分の討ち損じた敵に止めを刺してくれる仲間などいなかった。

ドロードラング領に来てからは上司の号令の下での戦いはあったが、ヤンは誰かしらの護衛を任されていたので戦場に飛び込む事はなかった。そうして俯瞰《ふかん》して助言をする、という事が多かった。それが一番合っているとヤン自身も思っていた。

かすり傷を負う。剣で攻撃を受け止めて一瞬手が痺れる。耳元で風切り音がする。息が切れてきた。敵はまだ多い。ダジルイの気配は変わらずヤンの間合いのギリギリ外にある。

ヤンは笑った。

「毎度思うのよ……うちの大人たちはさ！　大人気ないよねっ!?」

「がっはっはっは！　抜かされたー！」「はっは！　ヤンの奴まだまだやれるな」「かー！　参った！」「ヤンさんはいつ衰えるんですかね……」「ないんじゃないのー？」「とんでもねぇ人ッスね……」

サレスティアの叫びは誰にも届かなかった。

ヤンとダジルイが出てきた森とは魔物の草原を挟んだ反対側の丘。そこにいる見物人たちがやんややんやと騒いでいる。そしてその一角であるサレスティアの近くには、若者たち二十人ほどがぐったりと地べたに横たわっていた。

サレスティアとミシル、サリオンと三人がかりで体力回復魔法をかけ、ルルーら侍女たちが魔力回復薬を配っている。

ちなみにこの魔力回復薬はドロードラング領薬草班の研究で、うまくはないが不味くもないくらいに改良された物である。

「いやあ、楽しかったわ〜」

飄々とダジルイを伴ってこちらまでやって来たヤンはサレスティアを確認すると、開口一番そう言った。

「だから！　そういう企画じゃないっつーのっ!?」

火を吐く勢いのサレスティア。ダジルイは苦笑し、やはり気にした様子のないヤンを見上げた。

「魔法科生徒の幻影訓練だって言ったでしょ！　幻を操作し持続させるのが目的！　最短で全滅させる企画じゃないってば！　見なさいよこの様《ざま》を！　可哀想でしょうが！」

サレスティアが何とか上体を起こした若者たち、アーライル学園の現役魔法科生徒たちと卒業生を指す。

亀様から幻の実体化への補助はあったが、基本は本人たちの魔法だ。回復したはずなのに皆ぐったりとしている。ドロードラングはんぱねぇと呟きも聞こえた。

「時間は？」

しかしそれらを無視し、何食わぬ顔で見物人として騒いでいた親方たちにヤンは近づく。

「お前らが一番だ！」

無視されたサレスティアがさらに騒ごうとしたところで、土木班長グラントリーがヤンの肩をバシン！　と叩いた。いって!?　とヤンは今日初めて呻く。

鍛冶班長キム、ニック、ラージス、ルイス、トエルに囲まれた。

「んじゃ『王都二泊三日の旅・家族分』は俺らがもらいますね」

「がっはっは！　持ってけ持ってけ！」

サレスティアは肩を落としてオヤジたちの様子を見ていた。

確かに魔法の訓練ではあったのだが、その精度を上げるために相手を探した。丁度時間が空いて暇そうにしていたので一緒に連れて来たのだが。

「魔法使い側への条件で『オッサンたちをやり込めたらドロードラングホテル一泊』だったのに、いつの間に『一番早く魔物を全滅させたら王都二泊三日の旅』になったのかしら……しかも家族分て……」

何だかんだ言いつつも賞品を用意しようとするサレスティアをミシルたちが慰める。しかし。

「あ、お嬢、俺の家族総勢十四人なんで、よろしくー」

「一番勝《いっちゃん》たせたくなかったわーっ!!!」

夫《ヤン》と上司《サレスティア》の二人を交互に見ながら、嬉しいやら申し訳ないやら。

ダジルイは、お疲れさまでしたと傷を治してくれたミシルと笑ってしまった。

ヨールとリズ

「さようなら！」

ドロードラング・アイスクリーム屋二階席から、彼氏を残して彼女だけが出ていった。

店内の客は、残された彼氏を何食わぬ顔でチラチラと観察する。

彼氏はそんな視線にも動じず、テーブルに片肘をついた。

「あ～あ」

頬杖をつきながら、その目は店の窓から今日の青空を見ていた。

執事服の店員が彼に近寄る。

「どうした？　久しぶりに会ったんだろう？」

彼女が綺麗に食べ終えていった皿を片しながら、ライリーが尋ねる。

なぜそんな展開になったのか分かっていない不思議そうな顔に、フラれ男、ヨールは苦笑した。

「ま～、久しぶりだからじゃないですかね？」

「『ですかね？』じゃないわよ」

ライリーの後ろからリズが現れ、ヨールの向かいに座る。

「女が『私と仕事どっちが大事なの？』って言ったら嘘でも、もちろん君だよ！　くらい言いなさいよ。騙されてあげるから」

「へえへえ。恋人がいたことないのによくそんな風に言えるな〜」

「あんたの別れ話を三回も見ればね。いっつも同じ台詞でさよならじゃない。追いかけもしないし」

「だって仕事の方が大事だろう。俺らはそのために王都《ここ》にいるんだ。あ〜あ、やっぱ娼館か〜」

ライリーが苦笑しながら席を離れる。

「……そういう所なんじゃないの……？」

リズがジト目でヨールを睨む。

「あまりそぐわない会話も店から叩き出すぞ？」

店長のヤンがリズにアイスプレートを、ヨールに新メニューのコーヒーのお代わりを持ってきた。

二人とも謝罪をした後、ニヤニヤとするヤンを会話に巻き込んだ。

「全面的にヨールが悪いですよね？」

「生活に潤いが欲しいんですよ」

「どっちも正しい。ま、それを分かる女と付き合うんだな。まずいないが」

「「　ですよね〜　」」

店長から注意を受けたのでそれで話は終わりにし、リズはアイスを食べ始める。

今日はこの後、医者弟子仲間のザインとミズリと四人で観劇に行く予定だ。なので、ヨールは最初から四人席に着いていた。

せっかくの休みに彼女よりも仲間を優先する男に鉄槌《てっつい》が下った日になってしまったが、慣れているのか悲愴感はない。それも問題だとリズは思った。

仕事優先でなければ優良物件なのだ。その能力の高さに、我らが当主も二つ返事で医者という難しい職を目指すのを許可してくれた。

狩猟班にいたから腕っぷしは言うことなし。医療に関わるようになって常に身綺麗にしているし、技術だって弟子入り先の治療院のお医者先生が驚く程だ。王都に来てから喋りもいくらか柔らかくなった。仲間以外には。

背だってそこそこ高い。顔は、まあ普通だけど。

「お前今失礼な事を思ってるだろ」

そしてこの勘の良さ。女心も察しそうなのに。

「わりと褒めてた」

「なんだそりゃ」

こんな事を言っても怒らない。

「何でフラれるのかしら？」

「まだそれか。まあ、お互い本気で好きじゃなかったんだろ」

「え！　本気で好きじゃないのに付き合うの!?　それって恋人!?」

「付き合うから恋人なんだろう？　合ってるぞ」

「ええ!?　待って待って!?　嘘でしょう!?」

ハイハイと言いながらコーヒーを飲む所作も悪くない。結果モテる。

「俺といればドロードラングの恩恵が何かしらもらえると思うみたいでな〜。まあこっちもそこら辺を汲んだ付き合いにしようと思ってるから、結局続かないんだよ」

夢が覚める思いだった。

リズの中では将来を約束した仲が恋人なのである。

でもだったら、ヨールや仲間には恩恵を当てにした付き合いなんてして欲しくはない。

リズはハイ、と片手を上げた。

「ヨールが女を取っ替えひっ替えと悪名高いばかりになるのは遺憾です」

「え、何で？　俺の事なのに」

「私ら同郷でしょ。あんたの良いとこいっぱい知ってるのに、いつもフラれるのが不満」

前から思っていたことを口にすると、ヨールは珍しい物のようにリズをじっと見る。

「……そうか？」

「……女運が悪いのかと思ってたけど、女を見る目がなかったって事か」

「は？　俺は女を見る目はあるよ」

「どこに!?」

「恋人が欲しいと騒ぐわりに結局仕事に一所懸命で、領地にいる頃から誘いを掛けられても全く気付かず、自分の鈍感さを棚上げしながら男の方が見る目がないと豪語しながらも、生来の愛嬌の良さで信者を増やして満員御礼の治療院を先生と俺に患者の治療だけを割り振り、自分は治療補助その他雑用も含めて治療院を切り盛りする手腕を持つ女に前々から目を付けている」

一息《ひといき》で言われた事が理解できず、リズはぽかーんとした。

その様子に苦笑して、ヨールは続ける。

「二人ずつに分かれての仕事になると知って、リズと組ませてくれとザインとミズリに頼みこんだ」

初耳である。

「他の女は追いかけないけど、お前にならこれから十年は待てる」

その意味を理解したいのかしたくないのか、リズは混乱している。

でも、本人の意志に反して顔は赤くなっていく。

「十年後にまだ独りなら俺と結婚しようぜ、リズ！」

フツメンのくせに治療院であらゆる年代の女性に人気の爽やかな笑顔でとんでもない事を言う。

リズは自分に言われたと理解するまで間《ま》があった。

それでも、十年後にも独りという未来にリズは反応した。

「そ、それまでには誰かと結婚してるわよ！」

「それならそれで良いよ。お前の幸せが第一だ。好きな男を堕としな」

ますます顔が熱くなっていく。できなくて騒いでいるのを知っているくせに、リズに恋人ができるのをわかっているようだ。

でも何だろう？　素直に喜べない気がする。

ヨールのニヤニヤ顔が直らないからだろうか？

少し腹が立ってきた。

「ど、どーせ、その間にヨールの方が先に結婚しちゃうし、娼館にも通うんでしょ！」

「お前告白を冗談だと思ってんな？　娼館は行くわけないだろ、今まで何回お前をオカズ「ギャーッ!!」……」

不穏な単語にリズはヨールの口にスプーンで無理矢理アイスを突っ込んだ。

その危険行動にヨールもさすがにリズを睨む。

「いいいい今彼女にフラれたばかりの男が何を言ってんのよ！」

店内の注目を浴び、コソコソと文句を訴えるリズ。

さっきまで恋人がいた男に昔から好きだったと言われても信じられるものか。

ヨールもその考えに至ったのか、ちょっと眉間に皺を寄せた。

ヨールの言い分としては、そこそこ美人が女王のように振る舞い、見習いと言っているにもかかわらずデート費用はヨール持ち、長いだけの買い物に付き合わされ、興味のない物に付き合わされ、夕飯を食べる頃には性欲も失っている。早く帰りたい。

そういう訳で会う時間も故意に減らした上でのフラれなのだ。

仕事だって不定期で忙しいのも理由の一つではあったが。

王都に来てからの恋人は、残念ながら恋人と呼べない程に清い関係である。だが、月に一度程度でも異性と街を歩くというのは気晴らしになるのだ。本命には脈がなさそうだったから余計に。

まあ、そんな事はリズには関係ない。

そしてやはり鈍感には正面突破と腹を括《くく》ってのオカズ発言である。

「……よし。お前にはこれから毎日愛を囁いてやるよ。俺が本気なんだとわかるまで」

そういう風に言うから信じきれないのだとリズは思った。

ニヤニヤとしているのもマイナスだ。

でも。

ヨールは嘘を言わない。

少なくともリズはヨールに嘘をつかれた事はない。領地に居た時から。

「頑固な鈍感娘への不毛な想いを終らすべく、他の女と付き合っても無理だった。自分でもびっくりだ。というわけで覚悟しろよ？　せめてもの情けで仕事に支障のない程度に攻めてやる」

ニヤニヤしながらもその目は優しい。

まずい。

何だかよく分からないがそう思う。恋愛経験皆無なのにいきなり求婚された。

どうしたらいいか、よくわからない。

信頼のある相手だ。ずっとずっと前から知っている。

まずい。

「いつもの白衣は凛々しいけど、今日の服は可愛いな。リズによく似合ってるよ」

鈍感という鉄壁のガードを力ずくで壊そうと宣言した勇者に、どんな感情を持てばいいのかリズの混乱はこの時から始まった。

この時にアワアワとしていたリズは、その後仕事に支障をきたすまいと受けて立ったが。

結果、十年を待たずにヨールに堕ちるのだった。

アイス先輩の春

アーライル学園の騎士科の生徒は、余程の事がなければ卒業後は騎士団に入団する。

しかしシュナイル殿下は近衛に所属した。

王族ということで、街の警羅などでうっかり命の危機に陥っても困るという理由である。

だからといって飾りの騎士隊ではない。鍛練も充分にキツいらしいと聞く。

(三年間ピッタリとくっついていたから変な感じだなぁ、シュナイル殿下は元気だろうか)

この春に学園を卒業したマイルズ・モーズレイは、王都西詰所勤務となり、現在の時間は先輩騎士や同期と街の割当て地域を巡回中であった。

「よし。詰所に帰ったら申し送りして終わりだからな、飲みに行くかー!!」

この先輩騎士はとにかく飲む。給料のほとんどを酒につぎ込むので、酔っ払いをどうにかしてくれとの要請に酒場へ行くと、五回に一回は非番の彼を家に送り届ける事になるらしい。家と言ってもマイルズも住んでいる独身寮だが。

まだその現場には一回しか当たっていないが、飲みに行けば当然先輩が酔い潰れるまで付き合わされ、寮まで運ばなければならない。

(冗談じゃない、明日の休みはアイス屋に行く予定なのに酔い潰れてなんかいられるか。でも先輩だしなぁ、あーあ)

この先輩がそこそこの勤務歴のわりに出世をしないのはこのせいだろうと、マイルズの同期どころか先輩たちのほとんども思っている。

(結婚もしていないし寮暮らしならいいのか？　……いや駄目だろ、大人として)

結婚。

意識しないとは言わないが、婚約者もいない自分には訪れる事のない生活だろうとマイルズはぼんやりと思っている。モーズレイ子爵家は末子相続なので末の弟に良い縁談があればそれでいいというのもある。

しかしほんの少しだけ、一人の女性がマイルズの脳裏を掠めた。

去年、ドロードラング領での合宿に参加し、そこで出会った年上の女性。

美しく、強く、歌にさえ力があった。

侍女である彼女は食事時の配膳の際にいつもいい香りがした。

それが気になり何となく探した時は、いつも誰かに優しく笑っていた。

(あの人は元気にしているだろうか……？　いや、しばらく会っていないがもう結婚はしているだろう)

合宿参加ついでにと舞台を見させてもらった時に、うちの歌姫で唯一の独身だと領主がふざけながら言っていた。

巡回中のちょっとの隙間に、かつて挨拶程度しかしたことのない彼女をふと想う事が何度かある。歌に惹かれたのが最初か、笑顔が先か、あの時は彼女が近くにいるとどぎまぎする事にマイルズは戸惑い、家に帰りついてから一目惚れだったと理解した。

(あの人の歌を聴きたいなぁ……)

「あ」

歌詞は忘れたが歌声は覚えている。時間が経つにつれ今ほどはっきりとは思い出せなかったのだが。

(いやにはっきりとした幻聴だ)

「モーズレイ君?」

雷に撃たれたような衝撃。

今やマイルズの事を「アイス先輩」ではなく「モーズレイ君」と呼ぶ女性は、今思い出していた彼女だけである。

侍女が貴族のマイルズを『君づけ』で呼ぶのは非常識だが、合宿に参加した者は有無を言わさずドロードラング領民と同等扱いになる。そしてあの領主のせいでアイスというあだ名があっという間に定着。彼女だけが名前で呼んでくれた。

マイルズはカッと目を開くと、人混みの中からすぐその姿を見つけた。

最後に見た時より伸びたふわふわの髪に、少し驚いたような顔。

「インディさん？」

呼べば、柔らかい笑顔を返された。

（うわっ！　本物だ！）

同僚たちにちょっと、と言ってインディのもとに駆け寄る。

「ど、どうしてここに？　何かあったんですか!?」

王都にいるはずのない彼女に向かって何事かと焦れば、インディも慌てた。

「ああ！　仕事中にごめんなさい！　ちょっと迷子になっちゃって、西の詰所に道を聞きに行こうとしてたの。そしたら知った顔を見つけたからつい呼んじゃった。えぇと、こっちに向かえばいいのよね？」

（迷子!?）

質問の本来の意味からは逸れたが、インディはすぐに答えた。

インディがこっちよねと指した方向は合っているが、その指先には力が入ってなさそうだ。

マイルズはそれを不安と受け取った。

「俺たちは今から詰所に戻るところです。一緒に行きましょう。それにもうすぐ勤務も終わるので、もし良ければアイス屋まで送ります」

急ぎならば詰所で道を聞かずとも馬車に乗ればいい。持ち合わせがなくとも目的地に着けば誰かに立て替えてもらえるはずだ。

それをしないのだから時間には余裕があるのだろう、と予測。

「あら。じゃあお願いします。でもいいの？」

「先輩に飲みに誘われたので助けて下さい」

そう小さく言えばインディは小さく噴き出し、かしこまりましたと微笑んだ。

その後の申し送りが終わっての詰所では。

あのほんわり美女は誰だ!? との先輩方に、ドロードラング領の侍女さんですと正直にマイルズが答えると、皆が一瞬ビクッとし、そうか～そうか～と離れて行った。

アイス屋で無法を働いた者は、あの可愛らしい制服を着た店員たちに漏れなく縛り上げられた状態で騎士団の到着を待っている。執事服の女店長もさることながら、なぜか女子店員までもが強い。客の中にはその騒動を目当てにする者もいるという。

騎士はもはやあの一帯では形無しだ。担当区域が違う事に心からホッとしたものだった。

なので先輩方のその様子も分からなくはないが、ドロードラング領で合宿を一緒に経験した同期たちと小さく笑った。

その同期の一人がマイルズに「良かったな」とまた小さく笑う。

（……何故バレている）

「すみません、お待たせしました！」

玄関を開けるとインディが笑って出迎える

「いいえ。お勤めお疲れさまでした」

瞬間。マイルズの脳裏に、こぢんまりとした一軒家の玄関を開けるとインディが笑って出迎える幻がふわっとよぎった。しかし脳内だけで首を振る。

（ナイナイ。身の程を知れ俺）

詰所の外は仕事帰りや夜営業の飲食店の仕入れ等の人々でいっぱいだ。いつもは男だけで行動するので気にしないが、今連れだっているのは――

思わず振り返ったマイルズに気付いたインディが口許に笑みを浮かべながら不思議そうな顔をする。

（うわっ!?　本物のインディさんと二人きりっ！）

少し挙動不審になったマイルズにインディは苦笑した。

「やっぱり飲みに行った方が良かったかしら？」

「とんでもない！　先輩よりもインディさんを優先します！」

うっかり漏れた本音にどうにか貴族の嗜み、ポーカーフェイスを張り付ける。

すると何とか平静を装えたので、その流れですっと右腕を見せる。

「道が混んでるのでどうぞ摑まって下さい」

目を丸くしたインディの様子にマイルズは似合わぬ事をしたと羞恥で激しく後悔しながらも、次の瞬間にはそこに彼女の手がそっと添えられた事に驚いた。

彼女の頬がうっすら赤いのは気のせいだ。だって街のどこもかしこも桃色に見える。何だここは天国か。

「ふふ、女性扱いをされるのは嬉しいわね」

(ドロードラングの男たちは一体何をやっている！)

緊張でしょうもない事に八つ当たりしながらも、マイルズはいつもよりもゆっくりめに歩んだ。

「いつまでもダジルイさんだけに任せる訳にはいかないって事で一月《ひとつき》ずつの交替勤務になったのは知っている？　順番で私は明日からなのだけど、お客様に道を聞かれたりもするらしくて街の下見をしていたの。でも迷っていたら話にならないわね」

ふふ、と笑うインディが近い。腕を組んでいるから当然なのだが、マイルズの混乱している頭はいつもと働く所が違うようだ。

それでも周りに視線を向けるのはいつも通り。

「じゃあ明日からアイス屋にいるんですか？」

「持ち帰りの方にね」

「あの執事服を着るんですか？」

「そう。でも私背がそんなに高くないし、隠し武器の事もあるからスカートにしてもらったの」

隠し武器。

かつての夏合宿では侍女たちの訓練も見学させてもらえた。のだが。

一介の侍女がそこまで動けるのか!? と呆然とした。

マイルズは、勝てるだろうとは思うがこちらも重傷を負うに違いないと確信を持った。

(そう言えばドロードラング嬢もシュナイル殿下を相手になかなかの動きを見せたっけ。その後に見た専属侍女の鞭には恐怖を刷り込まれたが……)

その時を思い出す動きだった。鞭使いと棒使い。かと言って素手でも急所を正確に突こうとする。中でも、ライラ、ルルー、インディの三人は頭一つ分強かった。

「……うん、武器は携帯しないと。手を怪我したりしたら仕事に支障が出ますよね」

インディはそうなのよね、と笑った。

そうか、鞭や武器はともかく、あの黒服を着るのか……インディさんは何を着ても似合いそうだな……

「あら嬉しい」

「!? ……………声に、出てました……?」

「出てました」

マイルズは空いている左手で顔を覆い、インディはふふと笑った。

「よお、騎士さん! 今日はべっぴんさんを連れてるねぃ! 美人割り引きにするから残った惣菜買ってってくれよ～」

惣菜屋のオッチャンが今日も元気にマイルズに声をかけた。

寮では充分な食事は出るのだが帰るまでに小腹がすく。マイルズたちはまだまだ育ち盛りなので、勤務終了後はいつも何かしらを買い食いしていた。

マイルズは休日にアイスを食べるために買い食い用の出費を抑えてはいる。アイス屋での学割が利かなくなったので切実だ。惣菜屋で値切るという事も今では慣れたものだ。

だがしかし。

(何もインディさんを連れている時に呼び込まなくてもいいだろう？　いつも値切って買っているってバラさないでくれよ。美人割り引きなんて初めて聞いたぞオッチャン……)

脱力しつつも、この店の惣菜はわりと旨いし、インディには夏合宿の時に情けない所も散々見られてはいる。今さら格好つけたところで大して変わらない。

心の中では血の涙を流しながらも開き直り、商魂逞しい笑顔のオッチャンに近付いた。

「あれまあ！　近くで見ても美人だね！　騎士さん、つまみ揚げをおまけするから彼女さんにも食わしてやってよ！」

(どこから見たって美人だよ！　彼女じゃないけどな!?)

とも言えず、あれもコレも買うことになってしまった。

毎度～とニヤニヤするオッチャンを振り切り、また歩きだす。

「良いお店ね」

「ええ、空きっ腹にあの匂いはキツいんです……」

「うふふ、本当ね。それに彼女ですって。お世辞でも嬉しいわ」

（う！　ううう嬉しいって、ど、どどう嬉しいんですか？）

若く見られた事を喜んでいるとは分かっているが、インディの顔を見られないくらいに昂った頭は、次の言葉で凍りついた。

「でも、私が彼女と思われてはモーズレイ君の婚約者様に申し訳ないわね」

そんなのいません！

と、強く言ったところでどうする。

それで、終わりなだけだ。終わりになる、話題だ。

憧れのこの女性《ひと》は自分より大人で、およそ敵う所がない。

今腕を組んでいるのは、人混みではぐれないためだけの行為。

俺はこの女性《ひと》を本気で欲しているのか？

本気ならなりふり構わず叫べばいい。

だが。

（だが俺は、シュナイル殿下の傍に控えたい）

騎士の誓いを立てた。

あの方の助けになり、盾になる。

それだけは譲れない。

だから、インディに何もしなかった。

失恋するのが怖くて何もしなかったと思われても仕方ない。事実として間違ってはいない。

だが、失恋したところで想い続けるのはきっと変わらない。

いい、それも、変わらないのだ。

ふと、優しい力で服を引かれた。

「どうしたの？」

そちらを見れば、インディが動きの止まったマイルズを少し心配そうに見上げていた。

(ああ、何でインディさんはここにいるんだろう)

恥ずかしくも、幸せだ。

(ずっとアイス屋にいてくれればいいのに)

インディがふふと笑った。マイルズは意識を戻した。

「ハッ!?　…………また、声に出てました……か？」

「出てました。ふふ」

「ど、どこまで、でしょう……？」

「ずっとアイス屋に、ってことだけよ」

（よ、良かった。無意識に告白してなかった）

ほぼ言ってしまったようなものだが、はっきりは言っていないことにホッとする。

「モーズレイ君はまだアイスクリームが好きなのね」

（貴女も好きです。ハッ!?　止《や》めろ俺！）

「領地の男の子たちは大きくなってくるとだんだん甘いものを遠ざけるのよ。あんなに食べてたのに大人ぶっちゃって。そこがまた可愛いって微笑ましいんだけど」

（そう笑う貴女が可愛い、ハッ!?　止《や》めろ俺!?）

「そうやって子供たちの事ばかりにかまけてないで自分の幸せを探しなさいって、お嬢様に怒られたの」

（……え）

思わず立ちすくんでしまったマイルズに気付かなかったのか、インディはそのまま喋る。

「実は、婚期を逃した侍女たちに出会いをって事で今回アイス屋の店長月替わりの話が出たのね」

（婚期を逃した？　インディさんならまだまだ引く手あまただろ!?　……あンの極悪領主、よりにもよって王都に寄越しやがって！）

「結婚した同僚を見てると旦那様がいるのも素敵だなとも思うけれど、ドロードラング《う》《ち》の子供たちと一緒にいると一生独身でもいいかなとも思うのよね」

相手が自分じゃなければその相手に対して腸《はらわた》が煮えくり返るが、インディが一生独身なのももったいない。本当に、領地の子供たちの世話を楽しげにしていたのだ。

マイルズは、その様子にも惚れたのだ。

(っていうか、ドロードラング領の男たちも能力の高い人ばかりだし、インディさんと釣り合わないってことはなさそうだけど……インディさんは高嶺の花って事か?)

騎士団の先輩たちだって、ドロードラングの侍女と分からなければマイルズが止めてもインディに群がっていたはずだ。

歌姫としても活躍しているし、モテないわけがない。

ふと、当たり前にして嫌な事実に気づいた。

「………インディさんは、誰か、想う人がいるんですか?」

インディの頬がうっすら赤くなった。少しだけ目をふせる。

「好きな人……というか、うん、そうね、好きな人はいるの。実は……」

聞かなければ良かった。

真っ暗闇に叩き込まれた。

上手く息ができない。

失恋とは、なんと恐ろ辛《つら》い事だ。

「でも！　でもね?　結婚したいとはあまり思ってないの」

インディの悲し気な瞳に不謹慎ながらも希望を持つ。しかし。

「……本当はしたいけど……」

微かな希望はあっさりと打ち砕かれた。足が震える。

「……身分も違うし、歳も離れているし、実を言えばそれほど話した事もないの。……だけど、ドロードラングでとても頑張っている姿を見て、後からその人だけが特別だって気付いたの。領地の人ではないからあまり会えないのに、なかなか忘れられなくて……」

何処《どこ》の誰だそいつは!?

年上？　インディさんより年上の貴族？

ろくに話した事もないのにって一目惚れ？

頑張っている、って、ドロードラングで何をしたんだ？

学生以外にも希望者は鍛練に参加できるようにもしたとマークに聞いたのを思い出す。

「それにね、食事をね、とても美味しそうに食べるの。それを見てると私もとても幸せな気分になるの」

少し赤らんで、少し潤んだ目を、マイルズじゃない誰かのためにしているインディに、憎しみすら抱《いだ》きそうである。

悔しい。悔しい。

馬鹿か。自分は殿下の傍にと誓いを立てたくせに。

告白さえもしてないくせに、よくもインディを憎もうとするものだ。

マイルズはいまだかつてない程に混乱していた。

でも。

それでも、インディには笑っていてほしい。

だから、悲しげに笑うインディについ口走ってしまった。

「大丈夫、インディさんはとても魅力的です。貴女を娶ることができれば物凄い自慢になります。王族は……無理かもしれませんが、大抵の貴族なら喜んで迎えてくれますよ」

実際、ドロードラング領へ侍女と侍従を引き取りたいとの打診があると聞いた事がある。

――――ふざけんじゃないわよ。そっちから寄越せばお望み通り鍛えてやるっつーの！

そんな事をあの極悪領主が言っていたから、インディはドロードラング領から出ないと思っていた。

だから、ドロードラングにさえ行けばインディに会える。それを支えに、殿下の下で、王都で頑張ろうとさらに誓ったのだ。

インディがどこかに嫁いでしまえば、もう会えない。

いや。ドロードラングの誰かに嫁いでも、もう憧れすら抱けない事にマイルズはやっと気づいた。

心にぽっかり穴が開くどころではない。

世界が反転しそうだ。

（……それでも）

インディの幸せは大事な事だ。

(だから、俺の想いがインディさんの自信の助けになればいい)

マイルズは改めてインディを正面から見つめた。

マイルズの気迫が届いたのか、インディも少し畏《かしこ》まる。

「俺、インディさんが好きです。こんなペーペーが骨抜きになるくらいじゃ自信にならないかもしれませんが。嫁さんだったらなって妄想するくらい好きです。貴女がいるならアイス屋に毎日通おうと思うくらい好きです」

インディの目が丸い。

こんなダサい告白あるか。

それでも。

「だからきっと、上手く行きます！　そ……それで、もし、その人が駄目だったら、俺の所に来ませんか！」

まさか己がこんなことを叫ぶとは。顔から火が出そうだ。

こんな大声で、街中で、何をしてるのか。マイルズは自分で呆れる。

混乱極まれり。

「モーズレイ君、に……？」

インディは呆然としている。

「はい！　あ、うちは末子相続なので、末の弟が領主になります。なので贅沢は無理ですが、騎士は保障も手厚い仕事なのでもしもの時もそんなには困らないかと思います。……まあ、それくらいしか俺にはないですけど……それでも良ければ……よ、嫁に……ぜひ……」

尻すぼみになる声が情けなさを再確認させる。

（俺、本当に頑張らないとただの居候のままだ……今だって噛んだし……情けない……）

もはやインディの目を見られないマイルズは彼女の足元を見ていた。

「シュナイル殿下の助けになる誓いも立てたので、俺は王都から離れませんが……それでも、良ければ……ぜひ」

良いとこなしにも程がある。

「分かりました」

仕様もない条件しか提示できない己を罵倒しながら、マイルズはインディからの答えに心を強く持とうとする。

負け戦ってこんな感じかと、少々逃避しつつ。

「喜んで、お受けいたします」

…………………？

「は？」

よほどな顔をしていたのか、インディは軽く笑った。

「私、だいぶ年上だけれど、恥ずかしくない？」

「ぜ、全然まったく……自慢しかしません」

「私、平民だけれど、お家《うち》の方《かた》に怒られない？」

「ど、ドロードラングの侍女という経歴がすでに俺より格上です。それにさっきも言いましたが、うちは末子相続なので、親も末の弟の婚約者探しはしていますが、上の弟たちと俺は放置です……インディさんならきっと親も自慢しかしません」

「もしモーズレイ君を捕まえられたら、アイス屋の空き地に家族向けアパートを建てるとお嬢様が言うのだけど、そこに住むのはいい？」

「あ、はい。後輩のためにいずれ寮は出ることになるので、王都内であればどこでも構いません……………ん？　あ！　インディさんの仕事は？」

「辞めろというなら辞めます。お嬢様からの許可はあります」

「いや！　いやいや！　アンドレイ様がいるとはいえ、あの領主からインディさんを離すのは不安です!!」

ついにインディはしゃがみこんで笑いだした。

初めて見る表情にマイルズが呆気にとられているうちに、インディはさっさと復活する。そしてマイルズに向かって真っ直ぐに立ち微笑む。

（……あれ？　そういえばさっき、何か大事な事を聞き流したような気が……）

「私も貴方が好きです。マイルズ・モーズレイ様、私を望んで下さいますか？」

遠くにいるからと、何だかんだと自信のなさに理由をつけて諦めていたものが、目の前にいる。

極上の笑みで。

尊すぎてもう近寄れない。

今日はいったい何なんだ。

天国と地獄を行ったり来たりしているようだ。

どこかがおかしくなっているのかもしれないと、マイルズは混乱したままの頭で考えた。

「インディさん、俺を殴ってくれませんか」

至極真面目な顔で阿呆な事をほざくマイルズに、またもやインディが目を丸くする。

「今のこれが俺の妄想じゃない理由もないので、目を開けてまだ貴女が目の前にいたら、それで信じます」

そう言って、マイルズは直ぐに目を閉じた。

(大丈夫、一発くらいなら死にはしない。たぶん)

だがこれが夢だったら医師に診てもらおう。重症だ。

マイルズが来るであろう衝撃に備えていると、体に柔らかい感触が当たった。

……？　…………っ!?

まさかと慌てて目を開けると、インディがピタリと抱きついている。

それを確認したマイルズが嬉しさを通り過ぎて息ができないでいると、インディがそのままの格好で顔だけを上げた。

ちっ!?　ちちちち近い近い近い近いっ!!?

「ごめんなさい。ずっとこうしたかったから……妄想にしないで？　……殴らせないで？」

好きな女性の感触、赤らんだ頰、潤んだ目を目の前にして。

マイルズは意識を失い倒れた。

そうして。

マイルズはその後何年も、妻がお嬢様と敬う年下の上司に、この時の事を弄《いじ》られることになるのだった――

ドン・クラウス

それは、ドロードラング一座の興行が始まった頃の事でした。

ドロードラングの名を伏せていた時期の事ですので、名無しの一座です。

ある領地で運悪く領主様にご招待をいただき、全員で渋々と参じ、大広間にて跪《ひざまず》いてお話を伺っておりました。

「うちの歌姫のみを御所望と、そう仰いましたか」

団長であるクラウスのみが顔を上げて領主様とやり取りをしていました。

「そこな女たちは美女揃い。何、悪いようにはせぬよ」

下卑《げび》た笑いをする皺豚領主様の言うところの「悪いよう」が何を指すのか分かりやす過ぎて、一座のまとう空気は氷点下になりました。

しかし脂ぎった金ぴか趣味領主様はそれを感じていません。

「もちろんただとは言わぬ。いくらかは払おう、ぶひひ」

侍従が金額を提示した紙を丁寧に銀盆に乗せて、クラウスに見せに来ました。

その間に鈍感悪趣味領主様は、特にお気に入りになったライラをその小さな見えてるかどうか分からない目で舐め回すように見ています。

「しかし、歌姫たちは私共の主要な役どころですので、一座から抜けるのは些《いささ》か困ります」

クラウスの声音はそのままに、冷気がそっと籠められました。

それを敏感に感じ取った一座は、跪いたそのままの姿勢で体重移動を整えます。合図があればすぐに動けるように。

「ふん！　芸人の分際でワシに逆らおうと言うのか！　それとも値段の釣り上げか！　お前らごときに払う金額としては破格だろうが！」

更に冷気が増しました。銀盆の侍従がぶるりと震えました。

「……では、ひとつ条件がございます……」

「ちっ！　芸人がワシに条件だと？」

「はい。是非とも一座ごとお引き受け願います」

デプデプ助平領主様は一瞬眉をしかめましたが、一座が手に入れば売上も自分に入るとほくそ笑みました。

「ぶひひひ、まあ良かろう。ワシの下でよく働くがいい。さて、」

これで話は終わりとばかりにライラを見ながら舌舐めずりをした食うトコない豚領主様は、クラウスの「その前に」との言葉に盛大に舌打ちをしました。クラウスは気にせず続けます。

「私の取って置きの技をご覧ください。私の手を見ていてくださいね」

しかしクソ領主様はクラウスの穏やかな口調に知らず、その顔の高さに上げられた右手を見つめます。

ふっ、とクラウスの右手が消えました。

そして自分の頭が涼しくなったことに気づきました。なぜ？　と手をやると同時に、ポフ……と微かな音をたてて大事な大事な鬘《かつら》が床に落ちました。

「え？」

何故鬘が床にあるのか理解できません。

何となく。そう、何とな～く、領主様が一座の団長を見やると、彼は穏やかな微笑みを浮かべていました。その右手は体の横へと真っ直ぐ伸ばされています。

「……え？」

領主様の声が掠れました。

「私もその昔は芸人でございまして、剣を担当しておりました」

領主様はその小さな目でクラウスを見つめます。

「歳は取りましたが、まだまだ若い者には負けません」

クラウスを見つめます。というか、目を逸らせないようです。

クラウスは、殊更にゆっくりと領主様に微笑みかけました。

「ええ。私。剣の方が速いので」

微笑みです。

「兎や鳥程度ならば、胴を上下に切り離す芸が大得意です」

言葉に似合わない実に爽やかな微笑みです。

途端に領主様は自分の首を守るように両手で押さえ、「帰れ！　この話はなかった事にする?」

と、足をもつれさせながら広間を飛び出して行きました。侍従たちが慌ててそれに続きます。

先程銀盆を持った侍従だけが、一座を館の門まで見送りに来ました。

そうして無事に名無しの一座は宿に戻りましたとさ。

＊＊＊

「めでたしめでたし!!」

「……あったな〜、そんな怖い話……」

そうしてクラウス伝説はこっそりと言い伝えられていったのでした。

洗濯場より愛を込めて

『こっちも生きてる！　マーク、荷車に乗せるわよ！』

その幼く甲高い元気な声は、私の体と一緒に意識を引き上げたのさ。

＊＊＊

「む～り～ぃぃ！　うあああああ～ん!!」

領民総出で準備をして待ちに待った結婚式に、お嬢は私らの予想を遥かに上回る大泣き。

服飾班が気合いを入れ過ぎて目が充血するほどに張り切って作った純白のドレスにお嬢の涙がどんどんこぼれ落ちる。

領民の結婚式には「せっかくだから派手にね！」といつも楽し気に裏方を仕切る癖に、自分がされる方になると途端に子供のようになるんだね。

「あっはっは！　泣いちまったね～！」

「ほんと、花嫁があんな大泣きするのを初めて見たよ！」

「さすがは我らがお嬢だ！　あっはっは！」

ご領主の結婚式だからと領民もおめかしした。と言っても手近にあった花を女は髪に飾り、男は胸元に挿す簡素なもの。

そんな普段着で参列しても、お嬢もその旦那になるアンドレイ王子も喜んでくれる。よくできた子たちだ。


そう。私から見れば孫のようなお嬢は、小さい頃から呆れるほどによく動いた。

平民にすら禁忌と知られる黒魔法。それで作ったイヤーカフ。姿も見えない所に離れた場所の人と話ができると説明を受けた。

慣れるまでは毎日使うと聞いたはずが、その会話の最中にお嬢はいつも洗濯場に現れた。姿は見えないはずじゃなかったのかい。

今日の調子はどう？　不具合はない？

目的地までのついでに寄っただけよ～。いい天気ね！

ちゃんと休憩してる？　ハンクさんの新作お菓子ね、あとで御披露目だって！

毎日洗濯場に現れる領主なんているのかね。一日に二度は来て、一人ずつと何かを喋って行く。

どんなに忙しくても毎日一度は必ず顔を出す。

ねぇねぇ、ちょっとさ……なんとな〜く淑女に見える方法を一緒に考えて……

何だって淑女の勉強が一番辛そうなのかね。生粋の平民がそんな方法を知るわけないじゃないか。

頑張んな。

ご！　ごごごごめんなさいいいいい!!

促進魔法で種から花を咲かせるのはいいけどね、何だってその上を転がり回るんだい。せっかく新調した服に変な染みができちゃうだろう？


「ふふふ、あのお転婆がようやく淑女になったと思ったけどね〜」

「クラウスさんと現れた時の涙が乾いちまったよ、ふふっ」

「せっかくの花嫁おめかしが台無しだぁね、あっはっは!!」

貴族と関わる事がなかった私たちにだって、お嬢ほど表情がクルクル変わる貴族様はいないとわかっている。

けれど。

その表情の豊かさに甘えた。

孫のような歳の子供に甘えてしまった。

あの小さな体は、これでもかと、私たちを甘えさせてくれた。

お嬢。

どれほど感謝されているか、わかっているかい？
どれほど愛されているか、わかっているかい？
その小さな体は、私たちを抱えてもビクともしなかった。
惚れたね。
その幸せでぐずぐずな泣き顔も惚れ惚れするよ。
お嬢にそんな顔をさせる事ができて誇らしい。
お嬢。
ずっと一緒にいて欲しいけれど、嫁に出すことができて嬉しいよ。
幸せにいておくれ。どこにいても。
平穏を過ごす事がどれだけ私たちの幸せかを、迷わない貴女に逢えて。
私たちは、私たちらしく生きられている。
だからお嬢。お嬢がどこにいても。私らはここにいるよ。

何かあったら、いつでも頼っておいで。

ヒーロー大作戦

「というわけで、ヒーロー役を募集しまーす」

((((……また何か始まった……))))

夕食後のドロードラング屋敷大広間兼食堂にて、サレスティアの思いつきが発表された。

「色々まず説明」

農夫であるタイトの当主への態度は普通なら処罰ものだが、これがドロードラング領の普通である。

当主であるサレスティアは現在15才。幼少の頃からその発想は驚くべきもので、自領をあっという間に発展させた。平民にさえ分かるその功績に鼻高々になる事も横柄になる事もなく、学園を無事卒業後も、第三王子の婚約者であるにもかかわらず日々畑で土まみれになっている。

その姿は無自覚に領民の心を鷲掴みにし、そしていつ突拍子もない事を言い出しても領民側ではとりあえず一旦は受け入れる態勢ができていた。

が。それでも受け入れ難い事はあり、そのツッコミ役がタイトである。

「ああごめん。ざっくり言うと見回りの人員を増やしたいのよ」

ドロードラング領はもちろん、周辺領地の治安も良くなった。さらに国中の見回りも実は国に内緒でしている。そこの領の警備体制の邪魔はしていない。

見回りとは、主にそちらの事だ。

「まあ、見回り班はもともとは犯罪組織の発見ていう斥候の意味合いが強かったから人数は少なかったが、増やしたい理由は何だ？」

農業班長であり武闘師範でもあるニックが詳しい内容を求める。

するとサレスティアの顔が珍しく曇った。

「いつもお世話になってる隣のイズリール国ジアク領ギルド長からの情報で、今年は数年に一度の魔物の大繁殖期らしいのよ。アーライル国のハーメルス騎士団長に問い合わせたら、国境沿いの領地にも騎士を派遣しているけど、活発化した魔物に怪我人が絶えない状況だって」

基本、魔物はその狂暴さから問答無用で討伐対象なのだが、縄張りは意外と人の生活圏から離れている。人里近くに出る種は魔物の序列では弱い部類だ。

しかし大繁殖期になると餌を多く摂取しなければならないのか、強い魔物の行動範囲が広がり、力も増す。騎士団は国境砦近くに常駐しているが警備の手薄な地域もあり、国境沿いの小さな村が魔物被害に遭いやすく、存続の危機に陥ることも珍しくはない。

だが大繁殖期の周期は分かっておらず、被害が出てからそうかもしれないと判断されるのが常である。

「騎士団の怪我は酷くても骨折で命にかかわるものは今のところないらしいけど、あちこちで怪我人が出ると人員補充の移動にも時間がかかるし、魔物は神出鬼没だし、何よりそこで生活している平民が大変よ」

四神の一《いち》である土属性の玄武に頼めば国全土の護りを、現在掛けてもらっている以上に強くしてもらえるが、サレスティアは頼りきりになる事を良しとしない。

亀様はあくまでもドロードラング領の友なのだ。亀様が優しいからと全てを委ねてはならない。人間の危機管理意識が低くなると、今後種としての存続が危うくなる。

サレスティアのその考えは領民にも浸透している。

「そういう訳で、イヤーカフは亀様に断らずに自分の意思で転移できる魔法に組み直すわ。現場での役割としては騎士団の補助。対応できない大物に当たったらすぐに私を呼ぶこと。期間は大繁殖期の終了までか、騎士団から免除されるまで。行ったら行きっぱなしじゃなくて数日ずつの交代制よ。……どう？」

自領ではなく、縁も所縁《ゆかり》もない領への命懸けの戦闘出張にサレスティアがほんの少し言いよどむ。

すると、ニックがにやりとしながら手を挙げた。

「急ぎだろう？　細々《こまごま》した事は通信で確認するから行き先を割り振ってくれ」

ここで嫌だと断れば一人で動き出す当主だ。そして、そんな当主を守りたくて仕方のない領民が次々と手を挙げる。

　サレスティアは大広間の挙がった手を見て苦笑した。

「毎度の事ながら、危険な事を即決してくれてありがとう」

　侍従長のクラウスが持っていた大地図をテーブルに広げると、大広間はすぐに会議の様相になった。


「何でお嬢がここにいるんすかっ!?」

「顔を隠したのに何で分かるの!?」

　鬱蒼とした森の中。見回り組として派遣されたドロードラング狩猟班のユジーが、潜んでいた木の枝から落ちた格好のまま、別な意味で頭を抱えた。

　昼間でも薄暗い自然豊かな森で、付近の村から夜に獣の遠吠えが増えたとの情報を受け、気を張って見回っていたところ、ふと子供が現れたのだ。

　夜の見回り中に、淡い光を纏い、悠然と現れた子供。

　い、い、い、人型の魔物かとユジーは一瞬で構えたが、その振り返った格好から選択肢は一つになった。そして木から落ちた。

「ぎゃあ！　ユジーさん大丈夫!?」

大当たりである。そして先程のやり取りに戻る。

すぐさま亀様に問い合わせると、《好きにさせてやってくれ》と笑いを含んだ声が返って来た。

もしもの時はサレスティアを最優先で回収してくれる事を確認し、ユジーは起き上がった。

「いや、そんな格好する女の子なんてお嬢しかいないでしょう……」

「え、闇に紛れる仕事の人はみんなこうじゃないの？」

両腕を広げ自身を見るサレスティアの服は、舞台で剣舞をする時の黒色で統一された衣装だ。だが舞台衣装ならば男用しかない。サレスティアが着るには大きすぎるので新たに作ったのだろう。

そこまではいい、とユジーは半目になる。

問題は顔の上半分を覆う黒いスカーフだ。目の部分はくり抜かれていて、スカーフのあまりは後頭部で結ばれている。

「声や息を潜めるのに口や鼻を覆う方が普通ですよ。そんなに深く被ったらちょっと動くだけで視界が狭くなるんで、髪を止める程度ですって……」

「なんだ、顔を隠す方が重要かと思ってた。まあいいや」

「よくねぇっす……」

ユジーは以前、ドロードラング領に訪れた騎士団長を危険にさらした事がある。それはかすり傷程度で事なきを得たが、ユジーは軽くトラウマになってしまった。それ以来ドロードラング領見学ツアーの要人警護を断っている。

サレスティアはドロードラング領民にとって最重要人物だ。

今夜ユジーは偵察だけのつもりだったので一人で行動していた。そこにサレスティアがのほほんと現れた。サレスティアが色んな意味で強い事を知っているが、それでもユジーの肩甲骨の下辺りが冷えた。

「で？　魔力探索いる？」

狩猟班で鍛えた気配察知はやや危険と感じている。魔物か野生動物かの判断はできないが、遠くで何かが移動しているのは分かる。

先程の転移魔法の名残の光で見つかったのだろう。それは少しずつユジーたちに近づいていた。

「いえ。あっちとこっち側から何か近づいてます。それ以外は分かりません。近づく気配が大きいので集団の可能性はあります。お嬢、ここ、他家領《他人ん家》なんでなるべく地味にやってくださいね」

「そこまで暴れん坊じゃないわい！」

ユジーが先に指した方向に構えるサレスティア。

「……ここにいる時点でじゃじゃ馬ですよ」

そしてユジーは反対側を向き、背中合わせになった。その手にはナイフ数本と短剣。偵察だけのつもりだったので武器が心許《こころもと》ない。

「挟み撃ちかしら？」

「う～ん、どうですかね。ヤバかったらちゃんと逃げてくださいい」

「大丈夫！　今夜の私は捕まえる担当だから！」

「……何がどう大丈夫なんすか……」

「もう！　ユジーさんならノリノリで構ってくれると思ったのに！」

「……俺も想定外の事には弱いんですって」

サレスティアと行動するとどうしても気が抜ける。安心感という意味なら彼女以上に持てる存在はいない。だが、何をやらされるかという不安感も突出している。

「ちぇ。ヒーロー戦隊ドロードラング仮面とかやろうと思ったのになぁ」

「………お嬢……俺の危機感を削がないで……」

こういう時に舞台興行の演目を考えている、その余裕にこちらの気がさらに抜ける。危険は確実に迫っているのに。

だが、ユジーの余分な力が抜けた。

「あと三百メートルです」

「ユジーさんの気配察知能力はどうなってんの！　まだ三百メートルもあるの!?」

「あ。動きが速くなりました。あと百五十」

「速っ！　とりあえずこっちは任せて！　熊系来い来い！　鍋食べたい！」

「………了解」

応援に来たのか甚《はなは》だ疑わしいが戦力は絶大だ。上司の食欲が満たせるだけの食材であれと祈ったユジーの前に現れた魔物は、三メートル級の筋骨隆々とした大猿。

「こっちはサーベルタイガー！　毛皮!!」

大猿は皮膚が分厚く、倒すのに時間が掛かる。サーベルタイガーは立派な牙と爪と素早さが厄介だが皮膚は普通だ。

「お嬢！　大猿と交換!!」

どちらも食材には向かないが、二人の特性から獲物を換える。

サレスティアの準備していた魔法の捕縛網は大猿に向かい、ユジーはサーベルタイガーに向け飛び出すと同時にナイフを投擲《とうてき》。二本のナイフはサーベルタイガーの両目を潰し、その隙に短剣で首元を斬った。骨に邪魔され首は半分しか斬れなかった事に舌打ちする。

バランスを崩し地面に倒れたサーベルタイガーは、致命傷を負ったにもかかわらずユジーに飛びかかって来た。前足の爪を掻い潜り、サーベルタイガーの腹部に短剣を突き刺し、その勢いのまま縦に裂く。毛皮にするならこれくらい斬っても売れるだろう。返り血を浴びたが、断末魔の叫びをあげたサーベルタイガーは再び横倒しになった。

「そっちにも網を固定するわ！」

サレスティアは本当に痒いところに手が届く。

断末魔の声をあげたとしても油断がならないのが魔物だ。死んだと見せかけて隙を窺う種類もいる。

サレスティアの魔法の網は亀様との特訓でかなり頑丈になった。四神の一《いち》である白虎が本調子ではないとはいえ破れないのだ。白虎はますます聞き分けが良くなった。

ユジーはサーベルタイガーをサレスティアに任せ、網を破ろうともがく大猿に向き合う。

まずは網からはみ出た長い尻尾が近くの木に巻き付こうとしていたところを斬り落とす。甲高く叫んでさらに暴れる大猿。しかしサレスティアの網はびくともしない。

しかし、ユジーの短剣では大猿の筋肉を斬れる気がしない。大抵の生き物の弱点のはずの首すら太い。威嚇してくる大猿。この声が仲間を呼んでいたら厄介である。

ユジーはひとつ息を吐くと、右手に持った短剣を腰の左側に構えた。

「お嬢、大猿の網を一瞬でいいんで解除してもらえます？」

「私の合図でいいの？」

「お嬢の呼吸で十回目にお願いします」

「分かった」

スー、ハー、とわざと音にしてサレスティアが呼吸をしてくれる。

ユジーもそれに合わせる。

網が消えるとバランスを崩す大猿。しかしその目はすぐさまユジーを捕らえ、吼えながら飛びかかって来た。

尻尾を切り落としたからか、大猿はユジーしか見ていない。

振り上げられる大猿の腕。大きくあいた口には立派な牙も見えた。

狙いやすい。

しかし短剣なのでまだ間合いは遠い。狙い所を腕で隠されたら威力は落ちる。この方法は一度しか使えない。失敗はできない。

ユジーはその一瞬を待った。

そして。

岩のような拳がユジーに振り下ろされる寸前、大猿の口から上の頭部が消えた。

すぐさまその場を離れる。

頭部が半分になった大猿はサーベルタイガーに突っ込んでいく。

それに新たに網が被さる。

サレスティアを背にし直して様子を見る。他の気配も探るが何も感じない。この二頭だけが遠吠えの正体かは分からないが、仲間は近くにはいないようだ。

ユジーはとりあえずと、緊張を解いてその場にへたりこんだ。心臓は耳に響くほどにドクドクと鳴り、呼吸も荒い。全身の毛穴から汗が出て、地面についた両腕が震える。

ユジーはまだクラウスや団長のようにはすんなりと居合い抜きはできない。集中し切るまでの時間が短いとその反動が大きい。しかも今回は短剣だ。サレスティアという保険がなければ、この技は使えなかった。

うまくいって良かったとユジーの意識が飛ぶ寸前、ふわりと体が軽くなった。何度も経験したサレスティアの治癒魔法だ。

この魔法を使う時、サレスティアはすぐに膝をついて相手に寄り添う。ドレスだろうが素足だろうが自分が汚れる事を躊躇しない。

だが領民は、サレスティアにそうさせる事を不甲斐なく思ってしまう。ユジーはまだまだ修行が足りないと少しだけ落ち込んだ。

「……大猿って、食うところあります？」

「てか！　ユジーさんまでいつから居合い抜きを使えるようになったの!?　抜刀術っていうんだっけ!?　どっち!?　しかも短剣よ!?　うちの人たちのスペック高すぎる～っ！」

「すぺっくって何すか？」

「性能！　いやぁ凄いわ～!!　ユジーさんすごい！　カッコいい!!　強い!!　素早い!!　カッコいい!!　カッコいいっ!!」

毎度とんでもない事をやらかす上司が変な格好でキラキラと見つめてくる。

ユジーはさすがに照れた。成人してからここまで手放しで褒められる事は少ない。練習しておいて良かった。

「仮面は被りません」

「駄目か！」

興行の演目として決まったら大人しく受け入れてあげるよと思いつつ、ユジーは無事に済んでホッとした。

その後、サレスティアは食欲も忘れたようで、ユジーは仕留めた二頭を視界の隅に入れながら心底ホッとした。

高嶺の花

おいしい……！

――あの時の事が、忘れられない。


「そろそろ選んでくれるか」

アーライル国王が執務室に呼んだのは、第二王女のレリィスア姫。三の側妃に似て、真っ直ぐな黒髪が白い肌を引き立てる。

成人し16才になった今は更に美しさに磨きがかかったともっぱらの評判である、の、だが。

「この三人だ」

国王が姫に見せたのは三枚の絵姿。姫の結婚相手候補である。

レリィスア姫はまだ婚約者どころか、その候補すら決まっていなかった。

国内外からの申し込みの中から選びに選んだ三人なので、誰に決まっても国として問題はない。

外国に決まれば友好の架け橋になるだろう。

　末の姫が嫁き遅れにならないようにと父親心は必死であった。の、だが。

「命令でしょうか」

　姫の低い声音に父親心は折れた。

「いいや……」

「修道院が決定しましたらお呼びくださいと申し上げたはずですが」

　無表情で淡々と返ってきた物言いに、国王は盛大にため息をついた。

「それはならんと言ったはずだ」

「誰に嫁ぐ気もございません」

「嘘をつけ。あんなに恋愛小説を読んでいるくせに」

　姫の形の良い眉毛がピクリとした。

「最低ですわね、国王」

「せめて父と呼んでくれる!?」

「父なら娘の言い分を聞いてくださるでしょうに」

「父だから娘の幸せを願うのだろう!?」

　必死の国王をしり目に姫は優雅に立ち上がった。

「その娘が誰にも嫁がないと申してますのに、それが幸せではないとはとんだお門違いな父親がいたものですわね。失礼いたします」

止める隙なくレリィスア姫は執務室を去り、扉が閉まると同時に国王は撫で肩になって天井を仰いだ。

「思春期って冷たい……」

命令すればレリィスアは従うだろう。その信頼はある。

だが、レリィスアの兄王子たちの伴侶は政略も絡んだが想い合った相手であるし、姉姫は王城勤務の文官ではあるが子爵家に降嫁した。

それらを我が事のように祝っていたレリィスアにも、好いた相手と添い遂げてもらいたいという親心は袖にされてばかりだ。

「相手の名前さえ言えばどうにでもしてやるものを……」

国王の呟きにその場で仕事をしていた侍従たちは内心、苦笑するしかなかった。


自室に戻ったレリィスアは侍女すらも部屋から出し、寝室への扉を開け放したまま行儀悪くベッドに倒れこんだ。

「もう……！　結婚しないって言ってるのに……！」

父に呼び出された理由は想定していたものだった。

結婚しないとは言い続けているが、国の益になるなら従うつもりではある。そのための『姫』だとレリィスアは自覚している。

だから、この男だと一人だけを指定されたなら受けるつもりで行ったのだ。

しかし提示された相手は三人。違いを見つける気も起きなかった。

「タイトじゃなきゃ誰でもいいのに……私も大概だわ……」

レリィスアは初恋を拗《こじ》らせ、他の男が全く恋愛対象にならない事を小さく嘆いた。

「好きなものはしようがないのだけど……あーあ」

悩みは声に出すといいと言われて実践するようになったが、声に出して冷静に分析しても、こればかりは解決法は見つからなかった。

諦められず、無理をすれば叶えられるかもしれないが、農夫であるタイトがそれを望むとは到底思えない。

それに、姫どころか女性と認識されているかもあやしい。

この想いに未来がないことなど、恋愛小説を読まずとも分かってはいた。

「いま……何してるのかな……」

静かな部屋から見える窓の外の世界は、茜色になろうとしていた。


6才の時。

初めてドロードラング領に行き、領内を見学した時、兄のアンドレイが種蒔き競争に出て、あっという間に領民に埋もれた。

「何の種を蒔いたか分かるか？」

兄の姿に祖父母とともに呆然としていたレリィスアに声をかけてきたのは、籠を片手に抱えた作業途中のタイトだった。作業着どころか短い髪の毛や顔まで土埃にまみれていて、第一印象は「汚い人」だった。

しかしそれを口に出しては大好きな兄をも「汚い」としてしまう。そして何の種を蒔いたかなど分かるはずもないレリィスアは口ごもってしまった。

「なーんてな」

くしゃりと笑ったタイトは抱えた籠から赤い玉を取り出した。

「季節を丸っと無視してこのトマトの種を今蒔いたんだ。魔法ってスゲェな」

トマト。レリィスアはあまり好きではなかった。サラダなどに綺麗に盛り付けられているが、とにかく酸っぱい。美味しそうな赤い色につい手を伸ばしてしまうが、美味しいと思ったことはなかった。

「ははっ！　お前も苦手か。枝についたまま熟したから旨いんだけどな、苦手なら止めとくな」

「あら、では私《わたくし》がいただいてもいいかしら？」

少しだけ残念そうにしたタイトにラトルジン侯爵夫人が声をかけた。「美味しそうね」と言うとタイトの目がきらめいた。

「さすが貴族様！　見ただけでこいつの旨さが分かるなんて！」

籠をそっと地面に下ろし、腰に付けた袋から綺麗な布を取り出して丁寧にトマトを拭くと、タイトはそれを夫人に差し出した。

え、そのまま食べさせるの!?　とレリィスアが驚くと、

「あ、汁がこぼれるので、この布もどうぞ」

「あら助かるわ。ありがとう」

「なんじゃ、はしたない」

「一度してみたかったのですもの」

「旨いっすよ。侯爵もいかがですか？」

「では一つもらうかな」

あれよあれよというまに侯爵夫妻がトマトにかぶりつく事になった。食事のマナーはどうしたとレリィスアは侍従たちと共にプチパニックである。

「旨い！」

「本当に！　甘いのね！」

「あざーす！」

侯爵はあっという間に食べ終え、夫人は美味しいと言いながら少しずつ食べ続けている。

レリィスアは二人のその姿も信じられなかったが、トマトが甘いというのも信じられなかった。

だが、甘いと聞いては心が動く。

菓子は大好きなのだ。

野菜が甘いというのが信じられないが、どの程度甘いのかは気になった。

「一口食ってみるか？」

ハッとすれば、タイトが真っ赤なトマトを差し出していた。

「ダメなら残していいぞ」

残していいのなら、と手に取った。初めて触るトマトは見た目よりずっしりとしていた。

そして、食事に出る時よりも香りが強い。

「あ、忘れてた、タオル、タオル」

と、タイトがふわふわした布をレリィスアに持たせた。あまりの手触りの良さに汚してはいけないのではと焦る。

「ん？　手が汚れたらそれで拭けよ」

あっけらかんとしたタイトの様子に気が抜けた。

そうして恐る恐るかじったトマトは。

「おいしい……！」

震える程に甘かった。

「だろ！」

そして、この時のタイトの笑顔がレリィスアの心にしっかりと焼きついたのだった。

「はあ？　収穫期に被るから武闘会には出ないって言ってんだろ。嫁に出てボケたのかブッ飛ばすぞ」

「あんた本当にその態度よそでするんじゃないわよ!?」

ドロードラング領の屋敷の大食堂にて、農業副班長タイトと前当主サレスティアのやり取り。

領民が集まって一緒に食事を取る事はドロードラング領ではいまだに普通の事だ。いち農民と領主の会話。他では考えられないドロードラング領の通常である。

「レシィが修道院に入っちゃう前に誰かが優勝してドロードラングの教師として連れて来てって言ってんの。子供たちに勉強を教えるのが上手なのに修道院で神様に仕えるだけなんてもったいないじゃない。それにドロードラングにいればいつでも遊べるし、良いことずくめよ！」

いつでも遊べる云々《うんぬん》はともかく、レリィスアが教師となる事には食堂にいた領民のほとんどが頷いた。

「姫を平民に落とすのかよ」

「ちゃんと姫扱いをした奴が言えるのよ、そういうことは」

サレスティアの睨みにしらっとするタイト。

「修道院って会うのに手続き厳しいんだもん。優秀な人材は領に欲しいいし、私が寂しい！」

食事をしていた全員がサレスティアの我が儘に笑う。

「お嬢こそ姫扱いしろ」

「友達だもん！」

「本人が修道院に行きたいって言ってんだろ、邪魔すんなよ」

「レシィがドロードラング領に来た方が良いと思うひとー！」

ザッ！　とタイト以外の全員が手を挙げた。子供たちはハイハーイ！　と元気に言う。振り返ったタイトは呆気にとられた。

「はい多数決～。マークはルルーの出産と被るから使い物にならないし、コムジは実家でも忙しいらしいから、タイトが行ってね！」

「は!?　何で俺!?」

お嬢が寂しいならラトルジン公爵領で引き取ればいいと言う前に指名された。

「タイトなら優勝できると思うひとー！」

またもタイト以外の多数の手が挙がる。

「はい多数決～！」

「おい！」

「僕もレシィが教師として来てくれるなら嬉しいな」

「はい！　領主の要望〜！」

とどめとばかりに現当主のサリオンまでもがサレスティアを後押しした。二人がかりではもう覆らない。

「コンの……極悪姉弟が！」

「「よく言われる！」」

元気な姉、しっかりした弟の二人は同じ表情をした。

「そういう事だからちゃちゃちゃっと行ってササッと連れて来てね〜」

「何でも無茶が通ると思うなよっ!?」

タイトの叫びは虚しく食堂に響いた。


「俺もう27才なんすけど……」

「はっはっは、諦めろ」

農業班長のニックが笑う。

日課の使用農具の最終点検中につい、師匠のニックにタイトは愚痴った。

サレスティアがわざわざ実家に来てのたまい、、のたまの我が儘に皆が反対するわけがない。タイトの武闘会参加は決定されてしまった。

久しぶりにサレスティアが来てるので、ニックの機嫌はいつもよりもいい。

「お前もレシィがドロードラングに来るのには賛成なんだろう？」

それはそうである。

サレスティアよりも余程教師に向いているとタイトは思っている。

ただ。

「煮えきらねぇな、どうした？」

農具を確認しながらニックがつっこんで来た。

「出るからには優勝したいっすけど、本当にできるか分からないんで」

このヤロウとニックがにやりとしながら軽い拳骨をタイトに見舞った。

「27才が何言ってやがる。まだまだ動け」

タイトはニックのその言い方に苦笑した。

「それにな、欲しいもんは好機を逃すな」

呼吸が止まった。

思わずニックを凝視する。

ニックは手を止めてにやりとした。

「カマかけ当たったか？」

しまったと思うばかりで上手い返しも誤魔化す事もできない。

「い、いや、何の事っすか？」

「ははは！　マークを思い出すな！」

それが一番悔しいが自分でも思ったのでタイトは不貞腐れるしかなかった。最後の抵抗とばかりに作業は続ける。

「レシィに『今度も美味しかった』って言われた時が一番機嫌良いぞ」

タイトの作業の手が止まった。

完全にバレていた。師匠に気づかれる事がこんなに恥ずかしいものかと、俯いたタイトの内心は荒れ狂った。

「姫じゃなくなるなら万々歳だろう」

分かっている。一番の障害がなくなる事は。

「可愛いけど嫁にする程じゃないってんなら、これ以上は止めとくが」

「最上の女です」

無意識に声に出た。ニックのぽかんとした顔で、タイトはしまったと口を片手で覆った。恥ずかしくてまたも俯いて目を逸らす。

「なら腹くくれ」

ニックの低い声にまた目を合わせると、腕を組んで体ごとこちらを向いていた。

「最上の女を何年ほったらかしにしてんだ。農民だから気が引けるってんなら優勝して誰にも文句言わせんな」

――おいしい……！

あの時から野菜作りにのめり込んだ。

レリィスアが美味しいと食べてくれる姿が一番励みになった。

だから、武闘会に出る暇などなかった。

姫だから。

十才も離れてる。

子供だと思っていたのに、会う度に綺麗になっていく。

彼女は高嶺の花で、自分は平地の雑草。

手に入らないなら、せめて誰も手の届かない所へ――

「会えなくなってからの後悔は、俺が生きてる間は許さねぇ」

はっとニックを見れば、タイトは睨まれていた。

「生きてるならやれ。本気でやって駄目だった時に諦めろ」

何年も前に最愛の妻と子を亡くした男は、腑抜けたタイトを真っ直ぐにその体全部で睨んでいた。

見透かされている、とタイトの口の中はカラカラになった。手を握り込む。

と、ニックがにやりとしたのでビクッとしてしまった。

「大会まで一月《ひとつき》もないし、さっさと大人のふりしたデケェ子供を一《いち》から鍛え直してやらねぇとな？」

良い笑顔でさらに凄まれた。


次の日からサリオンの手配でタイトの個人訓練が行われる事になった。

仕事と食事と睡眠以外の時間に戦闘班総出、人数も無差別で襲って来るという方法。

「なんかゴメン！　でも勝て！」

タイトは無茶を言う元上司を睨む余裕もなくなった。


「大丈夫？」

レリィスアが恐る恐る声を掛けると、食事を終えてテーブルに突っ伏したままだったタイトがむくりと起き上がった。その頬にはテーブルにぴったりついていた跡が。

「……何でいる」

タイトの疲れきった姿を初めて見たレリィスアは動揺した。

「あ、き、今日は勉強の日だから、お邪魔してます」

噛んだうえに丁寧語になってしまった。

「あー……そっか、勉強の日か」

が、タイトは気づかなかったようだ。少しぼんやりしている。

「騎士団の練習にも来られないくらいに忙しいって聞いたよ。体は大丈夫？」

普通ならレリィスアの失敗には容赦なくつっこんで来るのに、それがない。騎士団の方はコムジが中心になって訓練をしている。二週に一度の訓練なので、まだ一度の欠勤ではあるが。

いつも顔を合わせれば憎まれ口をたたくのに、こんなに大人しいタイトを初めて見たレリィスアは心配しかできなかった。

「回復、できれば良かったのに……」

レリィスアの魔法は弱い。回復は極弱く、光魔法が得意ではあるが明かり程度だ。タイトを回復させる手段がレリィスア自身にはなかった。思わず自分の指先を弄る。

「気にすんな」

目線をタイトに上げると、気だるげに片手で頬杖をついてレリィスアを見ていた。そんな風に見られた事がなかったので、少しだけドキリとする。

「俺が好きで疲れてんだ。どうにも駄目ならベッドで寝てる」

それはそうだろうけどと反論しようとする前にタイトはよっこらせと立ち上がった。

どうにも駄目そうだから心配しているのだとレリィスアは言えなかった。

「しっかりやれよー」

「タ、タイトこそ……」

後ろ姿で手を振るタイトに、無理をしないでとも言えなかった。


「え？　タイトが武闘会に出るの？」

「そーだよー、なんかねー欲しいものがあるんだってー」

レリィスアが教鞭を取る勉強時間の後は子供たちと少しだけ過ごす。お茶をしたり、会話を楽しむだけの時間。レリィスアが週に一度しか来られないので、子供たちが「もっと！」と騒いだ結果、設けられた。二十分程度だが子供たちは満足している。

この時にタイトに会えるかというとそんな事もないのだが、慕ってくれる子供たちが可愛くて仕方がない。将来は子供たちに関わる仕事を多くできればとの思いもあってレリィスアは修道院に行く事にはあまり抵抗がなかった。

しかし、タイトの欲しいものが気になる。

農業一筋の男が武闘会に出てまで欲しいもの。

マークはかつて武闘会で『騎士』を手に入れたが、それ以来ドロードラング住民は不参加である。

「タイトも騎士になりたくなったのかしら……？」

マーク、コムジとはつい嫉妬してしまう程に仲が良いが、コムジは騎士ではないし、第一、今更だ。本人からも誰かからも、タイトが騎士になりたいと言っていたと聞いた事もない。

子供たちは知っているかも？　と何を欲しがってるのと探りを入れれば、誰も「知らなーい」と言う。

農業従事者らしく新しい農機具を望むならばドロードラング領が最先端であるし、その試用に関わらないわけがない。食べ物もまずはドロードラングだ。武器もドロードラングで造られる。

まさかの勉強かとも思ったが、それでも普通に手続きできるだろう。

王都に戻る時には執務室に挨拶に行く。その時現ドロードラング領当主のサリオンに会ったが「応援してあげてね」と言われただけだった。

「出場するなら応援はするけど……」

タイトの欲しいものが気になるレリィスアは、その時に執務室にいた全員が生温い目で自分を見ていた事に気付かなかった。

秋晴れの王都で武闘会開会の宣言がされた。

正装したレリィスアは国王や王妃たちと共に貴賓席についていた。開会式は出場者が全員闘技場に入る。迷う事なくタイトを発見したが、その瞬間から心臓がドクドクと鳴った。

騎士団でもドロードラングでもタイトが訓練しているところを見た事はある。タイトがより大柄な相手と対戦していたところも見た事がある。

「負けても平気な練習」は何度も見たが、「負けたら終わりの試合」の応援はこんなに緊張するのかと、レリィスアは手先が冷たくなったのを感じた。マークの時も同じ席にいたが、のんびりと応援していたはずだ。

こうなってしまうと青く晴れ渡った空さえ憎らしい。

参加者は貴賓席の正面に並び、司会でもあり審判長でもあるハーメルス騎士団長の説明を静かに聞いている。

それだけでこんなに動悸がひどいなら試合はどうなるのかとレリィスアは目が回る思いだった。

ふと、タイトと目が合った。ドキリとまた違う音がした。

わざわざタイトが自分を見るなんてと内心喜んだりいやいやまさか気のせいよと焦っていると、べ、と一瞬だけ舌を出された。

タイトがレリィスアをからかう時に一番多い仕草。

…………私の隣、国王なのだけど……

一瞬だけとはいえ、この場でそれをするなんて不敬って怒られるよと呆れた。見つかったら不敬どころではないのだが。

だが、レリィスアの動悸は治まった。

「あやつ、相変わらずだな」

国王が小声で呆れた。内心ギクリとしたレリィスアだったが、非難の声色ではなかったのでホッとする。

「随分と引き締まったようだ」

息抜きと称してドロードラング領に遊びに行く国王を相手にするのはタイトであることが多い。

その時に手が空いている者が国王に付くのが基本だが、タイトを筆頭にドロードラング領民は国王への態度が雑だ。もちろん、他の貴族がいるならば国王へは畏まった態度にはなる。

なので、それが楽しい国王は他の貴族には見つからないように過ごしているらしい。

父がそんな事をしてると知った時はやはり呆れ、タイトたちにお手数おかけしますと言った事がある。

皆が大した事ではないと言ってくれた。タイトも「迷惑だったら直ぐに送り返してる」と父本人の前で言った。

それに舌打ちする父。

そんな父に舌を出すタイト。

……仲は悪くないって皆が言うけど、本当かしら……

レリィスアにはやつれて見えるタイトが、父には引き締まって見えるらしい。

そう言われるとまた少しだけ落ち着いた。

初参加の大会で厳《いか》つい参加者に埋もれても、タイトは平常と変わらなかった。というか、スラリとした体軀で頭髪の大部分が白くなってもまだ無双中の自領の侍従長が一番怖いので、厳つい男たちに囲まれるのは逆に安心できた。

見た目通りの強さならば恐れる事はない。

以前マークが出場した時から上位四名は『騎士』に任命される。大会終了後直ぐに騎士団に入るもよし、出身領地（アーライル国内に限る。その前に基礎はみっちり仕込まれる）で騎士として働くもよし。

その制度はアーライル武闘会の人気を後押ししていた。年々参加者が増え、それに比例してお祭りとしても盛り上がる。

そして優勝者は可能な限りだが要望を叶えてもらえる。

大抵は優勝目録である賞金の増額だが、今年は成人しても婚約者の決まっていないレリィスア姫が注目を集めていた。あわよくばと貴族籍を狙う者、ただ美姫に憧れる者、賞金と持参金を夢見る者。

タイトは控え室でそんな事を嬉々として話している参加者の顔を覚えていた。対戦したらブチのめす、と。

「随分殺伐としているな」

地味に黒いオーラを発していたタイトに声をかけたのはシュナイル第二王子だ。表情は今でも乏しいが、苦笑しているのは分かる。騎士団への出張訓練で会うしドロードラング領へも家族で来るのでよく見知っている。身分と歳の差はあるが、友人と呼べる付き合いだ。

そのシュナイルが、平時勤務の騎士服を着ている事にタイトは首をかしげた。

「ああ、俺も出場することになった」

「はあ？　騎士団副長が何してんだよ……」

騎士団長は審判をつとめるので参加はできず、受付で顔を合わせた時に「いいなぁ!!」と喚かれた。

「もしかして団長の代わりに出ろって言われたとか？」

まさかと思いながらもシュナイルに聞いてみると否定された。

「本当なら若手団員だけの参加なのだが、今年は何やらとんでもない噂が広がっていてな。さっきも騒いでいる輩がいたが、万が一にもそいつらを優勝させないために出ろと言われたんだ」

「団長に？」

「父に」

タイトの体は素直にガックリした。あのオヤジ……と声に出す。

「ははっ。父に言われなかったら自分から志願したよ。大事な妹だ、賞品になどさせるものか」

参加者を眺めていたシュナイルの目が剣呑《けんのん》になった。タイトはゆらりと上体を起こした。

「悪いな、俺も姫を賞品として狙っている。当主命令なんでね」

一瞬丸くなったシュナイルの目は、先ほどと違い好戦的になった。

「そうか……それは、本気でかからないとな」

副長であるシュナイルが参加する事にタイトが驚いたのは、副長であるのもそうだが、五年連続で優勝し殿堂入りをしたからだ。殿堂入りは参加不可。

そうでなければタイトではなく、侍従長のクラウスの方が参加させられていたはずだ。

「殿堂入りした現役騎士が本気出すんじゃねぇよ」

「だから今回は徒手空拳で参加する。武器は使わない」

それがハンデになるかはシュナイルを知る誰もが納得しないだろう。副長の肩書きは伊達ではない。

が、それを聞き付けた輩はそれならと欲を出したようだ。控え室の雰囲気が殺伐としてきた。

薄い笑顔のシュナイルに、タイトは大きく息を吐いた。

開会式で正装のレリィスアを見た。

綺麗な姫。

手折ってはならない高嶺の花。

あえて、傅《かしず》くことはしなかった。

手が届かない事は分かっていたから。

ドロードラング領が無礼講を許してくれる所で良かった。

離れるまでは――

それは、自分を騙すための理由。

レリィスアからの好意は甘露のようで――

年を経る毎に、意図的に距離を取った。

誰にも嫁がないのならば囲ってもいいだろうか――邪《よこしま》な事を考えたからか、レリィスアと目が合った。

よく見つけたな……いや、気のせいか。

そうだろうと折り合いをつけた時、レリィスアの緊張が見えた。

姫として式典に出るのは慣れているだろうにとタイトは不思議に思った。体調不良ならばレリィスアの隣にいるその父親がこの場に連れては来ないだろう。

何緊張してんだよ、それでも姫か。しっかりしろ。

と舌を出した。レリィスアの目だけが動いた。

…………ばかだなぁ。

タイトは顔に出さずに一人ほくそ笑んだ。


タイトが大会に持って来た武器はドロードラング製木剣。片刃で刀身はほんの少し湾曲している。ヒズル国での主流の型らしいが、タイトにはこの形が合った。サレスティアが「木刀」と言ったので、ドロードラング領ではこの形は木刀と呼ばれている。

普段真剣を使うだろう対戦相手は、タイトの持つ木刀を見るとおおいに油断をしてくれる。細めでゆるく曲がった剣はやわに見えるらしい。

実際のところタイトも最初は油断をしていた。鍛冶班長であり武器オタクのキムが対戦相手にクラウスを指名して使い方を見せてくれるまでは。

その日ドロードラング領に激震が走った。

結果として勝ったのはクラウスだったが、おおいに手こずったのだ。ドロードラング領で木刀が流行ったのはいうまでもない。

しかし片刃に慣れない者は修得までいかなかった。形が違おうとも木刀も木剣も使い勝手は同じなんじゃないの？　とサレスティアは不思議がった。

武器それぞれに癖があり、それを摑めてこそ真に使いこなせる。

サレスティアは戦闘班のオヤジたちに、タイトですら憐れんでしまう程に諭されていた。最終的にそれを助けたのは細工班長のネリアだったが、この時からサレスティアは武器に関して口出しをしなくなった。

武器の特性を覚えておきたいタイトは木刀を使い続けた。クラウスを倒す事はできないままだが、師匠のニックを追いつめるくらいには上達した。

油断を誘えればと今回の大会に持って来たが、まんまと目論見通りになった。

試合後に対戦相手から木剣を見せてくれとよく言われた。市場には出していないがドロードラング領で作られたもの、元々はヒズル国で主流の剣だと何度も説明する事になった。

初戦。タイトは少しも危なげなく勝った。

騎士団の訓練で若手の騎士をこてんぱんにしてるところは何度も見ていたが、冒険者では勝手が違うだろうとレリィスアは気が気ではなかった。

魔法、飛び道具、著しく会場を破壊するような武器は使用不可だが、真剣を禁止してはいない。なのに、タイトが持つものは木刀だ。

レリィスアの素人目にはそれだけでタイトは絶対的に不利だった。

開会式後に治まっていたはずの動悸がタイトの試合開始前にまた激しくなり、心臓が飛び出そうになったが、タイトが三戦目に勝利したのを確認してようやく治まった。タイトが汗もかいていないのに、レリィスア自身が焦っているのが馬鹿らしくなったのもある。

しかしレリィスアはもうぐったりしていた。観客には凛とした姿勢に見えているだろうが、近くに座る家族たちが苦笑するほどに。

「次は準決勝よ。大丈夫?」

王妃が扇で口元を隠しながら、国王を飛び越えてレリィスアに話しかけてきた。飲み物をすすめられて、レリィスアは喉が渇いていることにやっと気付いた。

「ありがとうございます」

たくさんいた参加者も続々と減っていき、とうとう四人になった事にもやっと気付いた。これでタイトは騎士になる。やはりタイトは強い。その格好良かっただろう姿を緊張でほぼ覚えていないのが残念ではある。

と、少し落ち着いた心で残った四人をよくよく確認すれば兄王子がいた。

「ええ!?」

レリィスアの驚きに家族は声を押し殺して笑った。

「全然気付かれないとは……シュナイルも浮かばれないな」

長兄の王太子ルーベンスが呟き込むように言った。肩が震えている。

「私ももしルーベンス様が出場されていたらシュナイル様を見つける余裕はありませんわよ」

やはり扇で口元を隠した王太子妃ビアンカが笑顔でレリィスアを庇う。

そういえば第二王子妃であるクリスティアーナは一人で座っていた。ハッとクリスティアーナを見れば、にこりとされた。

「上手く行けばシュナイル様とタイトは決勝戦ですね」

シュナイルの次の相手は冒険者。

タイトの次の相手は騎士団員。

「準決勝に騎士団から二人しか残らないとは副長の妻として複雑ですが、優勝はいただきます」

きっぱりと言い切ったクリスティアーナは自信に満ちていて、そして美しい。

レリィスアは気圧《けお》されてしまったが、闘うのはタイトであると思い直した。何を欲しているか結局分からないままだが、ここまで残ったのなら優勝して欲しい。

それに、なんとなくだが、タイトが優勝するような気がした。

「タイトが優勝します」

思うよりもきっぱりと言えた事にレリィスアは内心驚いた。農業以外では物欲の低いタイトが望んだもの。それを手に入れるために優勝が必要なら素直に応援できる。

レリィスアはそんな自分を不思議に思いながら、クリスティアーナに負けじと背筋を伸ばした。

「始め!!」

ハーメルス騎士団長の号令に慌てて視線を向ければ、シュナイルと冒険者が構えていた。冒険者は大柄な体軀でさらに簡易鎧を纏い、武器は大剣。それを振り回す速度はレリィスアたちの席にまで風切り音が聞こえるほどだ。それに対するシュナイルは武器らしい武器も持たず、唸る大剣をかわしてばかりいる。

やっとタイトを見守る緊張が取れたのにと、レリィスアの握りこんだ手にまた力が入った。

しばらくはシュナイルの防戦一方の展開が続いた。大剣を使いこなす冒険者相手に素手でどう勝負になるのかと、レリィスアはハラハラするしかなかった。

タイトの試合はわりと短めだったので、シュナイルの試合は殊更に長くかかっている気がした。

レリィスアも護身術としてナイフを使う事があったが、ナイフを持つ相手に素手で立ち向かうというのは練習でも恐くてできなかった。こういう時はとにかく手近にある物を投げつけ、その隙に逃げる。逃げる隙がないならじっと大人しくしている。

玄武の守りがあるとはいえ、恐ろしいものは恐ろしい。

今は義姉であるサレスティアは、レリィスアの見ていない所でも先頭に立っていた。

大好きなサレスティアのようになりたくて、でもなれなくて。

――お前までああなってしまったら、私の仕事がなくなってしまう。

シュナイルが苦笑しながらそう言ってくれた時に、憧れと自分とを分ける事ができた。

――貴族だと色々と能力を求められるけど、まずは自分のできる事とできない事の把握よ。これはけして我が儘ではないわ。

護身術ができなくて落ち込むレリィスアに、サレスティアがそう声をかけてくれた。無駄に落ち込む事が減った。

――そうそう。チビはチビッ子らしくチョロチョロしてりゃいいんだよ。

ドロードラング領で皆で埃まみれになって遊び、はしたないと怒られるんじゃないかとビクビクしていた時にタイトにそう頭を撫でられた。

今、レリィスアがシュナイルのためにできる事は。

姫として、毅然とした態度で、試合の行く末を見る事。

兄さま頑張れ！　と叫ぶのは心の中だけにした。

それが届いたのか、シュナイルは振られた剣を掻い潜り、冒険者の膝裏を蹴って体勢を崩し、うなじに手刀をあてて気絶させた。

あっという間の事にレリィスアが目を丸くすると、クリスティアーナの席の方からは盛大に息を吐く音がした。

それを聞いたレリィスアも、少しだけ背筋が曲がった。

「準決勝はタイトさんかぁ……」

後方から聞こえた愚痴に振り向けば、次の対戦相手が苦笑していた。

「よぉ、お手柔らかに頼むな、騎士さま」

出張訓練で何度も指導した若手騎士である。タイトはにやりとしてみた。学園には入らず直接入団して下働きからここまで来た男。どんなにタイトやコムジに放り投げられてもへこたれないで掛かって来る若手だ。ドロードラングに欲しい有望株である。

「初めて見る剣です」

「お前らの油断を誘うために持ってきたんだ。ほら、持ってみ」

タイトはあっさりと木刀を騎士に渡した。見込みのある者にはドロードラング領民のだいたいがおおらかになる。他領の者はそれを有り難がるが戸惑いも多い。騎士も急に渡された木刀をどう扱ったらいいか戸惑った。

しかし、武器を使う職業である。すぐに両手で構えたり、片手で振り抜いてみたりした。

「自分で持つ分にはあまり剣と変わらない気がしますね……」

「そうだな。だから相手に使われると少し戸惑う」

「……いいんすか？　俺らこれから対戦しますよ？」

「俺はこの大会でしかこの木刀を使わないからな。気になったらドロードラング領まで来いよ」

「営業っ!?」

その反応にタイトは笑った。そして騎士も笑う。

「副長と対戦するのも嫌ですけど、本気を出したタイトさんを見てみたかったんで、精一杯やらせてもらいます」

まさかそんな風に言われるとは。訓練でわざと負ける事はしないが、手を抜いた事もない。教え子にそう言われるのは少し嬉しいものだとタイトは知った。師匠であるニックたちもそうだったのだろうか？

なら。やはり負けるわけにはいかない。

負けられない理由を一つ増やして、タイトは準決勝にのぞんだ。


今日は天気がいい。

秋晴れは収穫日和だ。どれ程の取れ高か、寝室の窓から射し込む朝日に心が躍る。気合いが入る。

あの笑顔が見られる。

雑草の自分が君を幸せな気分にさせられる、たった一つの事。

他にもあるなんて思わないようにしていた。

「……人生、何があるかわからねぇなぁ……」

空を仰いだタイトの呟きに主審である騎士団長が「ジジィか」と茶化し、ついでに若手騎士には「負けたら分かってるよな?」と少々脅した。

その様子に三者三様に笑ってしまったが、騎士団長が「時間だ」と示せば顔つきが変わる。

「始め!!」

騎士がタイトに突きの体勢で飛び込む。速い。

が、タイトはその剣先を木刀を擦るようにしていなし、そのまま片腕を突きだした騎士の背側に回り、蹴りつけた。

そして間を取る。

「速さはいいが、その後が課題だな?」

「やっぱ、思うようには行かないっすね!」

またも騎士が飛び出す。今度は両手で剣を持ち、手数が多い。

若手にはとにかく先手を取れと教えてきた。よほどの才能がない限り、若いうちは隙など見抜けないからだ。手数が多ければ隙はいつかできる。体力に任せての作戦だが、それは若いからできる事でもある。

そしてその体力をなるべく残しながらの戦い方を、出張訓練で若手騎士たちに叩き込んできた。うまくそれができている。タイトは感心しながら受け流していた。

若手騎士の勢いはしばらく続き、しかし疲れが見え始めたところでタイトが少々油断した。手前で伸びてきた剣先にタイトの頬が引っ掛かり、少しだけ切れたのだ。

タイト以上に相手の若手騎士が驚いて一瞬動きが止まった。タイトは呆れながら木刀を振り上げ若手騎士を後方にふっ飛ばした。

「馬鹿か。お前が隙だらけになってどうする」

背中から倒れた若手騎士はよろりとしながらも直ぐに立ち上がり「タイトさんこそ、俺の剣を弾いてないじゃないですか」と返してきた。

若手騎士本人は隠してるつもりでも、肩の上下が大きく疲れは丸見えである。それだけタイトが彼を動かしたのだが、いつでも挑戦者は意外な動きをする。自分やマークがそうであり、そうして師匠たちを驚かせてきた。

タイトは目の前の教え子の姿に高揚しながらも、気を引き締めた。

「じゃあ、弾きに行くからな。防げよ」

げ、と顔色を青くした若手騎士に迫り、最後のおまけと上段から木刀を振り下ろした。両手で剣を持ち必死に受け止める騎士。その動きが若干間に合わず手首に負荷がかかる。それは表情に出て、騎士は歯を食いしばった。

タイトはそれを確認し、すぐ木刀を返して今度は左下から斜め上に振り切る。騎士はそれをどうにか避けたが、体勢も崩れた。さらに焦る若手騎士の表情。

しかしそれはタイトの想定の半分程度の崩れ方だった。若手騎士への評価を修正しながら、タイトは楽しくなってきた。

「くっそっ！」

体勢を崩したまま破れかぶれに剣を振るう若手騎士。無茶な姿勢は威力を削ぐが、万にひとつの偶然を引き寄せる。

だが。

「おまけは一回」

騎士にはタイトが消えたように見えただろう。

瞬時に地面すれすれに体勢を低くしたタイトは騎士の両足を払って転倒させた。崩れた姿勢のまますすべなくまたも背中をついた騎士の額にタイトは木刀の先端をつけた。

「それまで！　勝者、タイト！」

騎士団長の声が響いた。

若手騎士は荒く呼吸をしながら呆然とタイトを見上げたまま。

タイトは木刀を当てたままその姿を見下ろしていたが、騎士と目が合ったのを確認して木刀を離した。片手を騎士に差し出す。

「もう少し、いけると思ったんですけどね……」

悔しそうにしながらもタイトの手を取り、立ち上がった騎士は手を離すと頭を下げた。

「ありがとうございました」

その姿にタイトは苦笑した。師匠に負けた直後は顔を見られたくない。

だからタイトは声をかけた。

「お前はもっと伸びる。もっとな」

「っ、……ありがとうございます！」

顔を上げないままさらに深く腰を折り、そして走り去って行く若手騎士を眺めていると、騎士団長が寄って来た。

「ドロードラングは飴と鞭が絶妙だな」

タイトは団長のその言いように苦笑した。


深呼吸をして息を整えているタイトの前に、シュナイルが立った。

レリィスアは大人がよく言う『胃が痛くなる』を実感していた。

兄であるシュナイルは強い。この大会で五年連続で優勝し殿堂入りを果たした。現騎士団長が引退したら次の団長はシュナイルだと決定している。

対してタイトは農夫だが、ドロードラング領の農夫は普通の農夫ではないと国内で一目置かれている。さらに騎士団への出張訓練の日はだいたいの騎士の顔色が悪い。

どちらも強い。だからただで済むとはレリィスアも思ってはいない。

その二人の一番近くにいる審判のハーメルス騎士団長がスキップをしていたのを見て、レリィスアはさらに複雑な気持ちになった。

決勝だから異様な熱気になってはいるが、強い男同士の対戦に熱くなるのも分からないではない。

レリィスアの手は冷えていくばかりだったが。

「これより決勝戦を始める!!」

ハッとして目の焦点を合わせると、タイト、団長、シュナイルと、並んでこちらを見上げていた。

レリィスアの隣にいる国王が立ち上がると、三人は綺麗にお辞儀をした。

決勝戦前にはこの作法があったとレリィスアは思い出した。

まだ上体を倒したままのタイトを見つめる。

大きな怪我はしないで欲しい。そう強く思った。

タイトが起き上がる。

頑張って……!

思わず願った事は、愛しい人の無事。そして、勝利。

ごめんなさい、シュナイル兄様……

レリィスアは、タイト以外の誰にも嫁げないと改めて実感し、この大会が終わったら自身で修道院を決めようと思った。

そうなるとこの大会はタイトを見つめられる最後の機会である。

――お前声でけぇな。

ドロードラング領はレリィスアの常識が通じないところだった。

屈託のない同い年の子供たちとあっという間に仲良くなって、何が楽しかったのか大声で笑ってしまった。感情を出さない事を上手くできずに日々苛々としていたレリィスアは、誰かと仲良くなるという事が楽しいものだと感じかけたところ、年上のタイトにそう声を掛けられた。

姫がはしたない。

そう言われてしまうのではと顔が引きつった時。

「子供は元気が一番だよ」

と頭を撫でられ、トマトを美味しいと言った時のように笑ったタイトに見とれたのだった。

それからはタイトにもまとわりついた。他の子たちに紛れて。

ぶっきらぼうなタイトは面倒くさいと言いながらどの子も受け止めてくれた。レリィスアの事も他の子たちと同じに。

いつでも向かって行けた。追いかけて行けた。

城では走れなくても、ドロードラングでは好きなだけ走れた。

ダンスが下手でも、ドロードラングでは喜ばれた。

苦手な勉強は、皆で考えた。

重いものを持ってはいけない手は、農作物の収穫でたくさん働いた。

大声を出すのは護身の訓練の時だけだったのに、ドロードラングでは大きな声を出さないと楽しくなかった。

そこにはいつも、タイトがいてくれた。

追いかけたから、待っていてくれるようになった。

追いかけなくなったら、待っていてはくれなくなった。

それが当然の事なのだと思い知った夜に、レリィスアは泣いた。

諦めなければならないタイトへの恋は、きっと諦められない。

何年もかけて、そうレリィスアは諦めた。

社交界にデビューして、たくさんの夜会でどんなに素敵だといわれる男性に会おうと、チラともときめく事はなかった。

姿を見つけただけで胸が締め付けられるのはタイトだけ。

会えれば嬉しくて、会えなければ悲しくて。

その気持ちを自分からも隠して、ドロードラング以外では姫として恥ずかしくない振る舞いを心掛けた。

なぜならレリィスアはアーライル国の第二王女だから。

タイトには、姫として綺麗な自分を覚えていて欲しい。

いつも気付かれるように大声を出して、声がデカイと呆れられるのもいとおしい思い出だが、もう大声を出せないなら、せめて、最後に、子供にしか見てもらえなかった綺麗な自分を。

レリィスアは静かに息を吐き、姿勢を正した。

「始めっ!!」

レリィスアは、手を握りしめた。


騎士団長の号令とともにシュナイルが飛び込んで来た。

それは常の訓練と同じだが、いつもはある剣がないだけでタイトの遠近感が狂った。

シュナイルの右の拳を木刀の腹で受け止める。しかしその衝撃は想定より弱く、タイトは後ろに跳んだ。寸前までいたそこをシュナイルの左足が通る。

体幹が狂わずに動くシュナイルにタイトは感心し、振り抜いた足のせいで視界が狭まっただろうシュナイルに木刀を振り下ろした。

しかし、遠心力を使ってさっと振り向いたシュナイルは木刀の腹を掌で叩いて弾くと踏み込み、頭突きを狙ってきた。

だが木刀を弾かれた瞬間に体を沈みこませたタイトが、今度は木刀でシュナイルの踏ん張った足を払いにいく。

それを察知したシュナイルは頭突きの勢いのまま前に飛び込み、地面に一度転がって体勢を整えた。

向かい合って息を吐く二人に会場は沸いた。

「全く、かすりもしないとは」

「そりゃあ、こっちの台詞だ」

さてどうしたものかとタイトは木刀を握り直す。得物がある分有利なはずだが、素手に弾かれるとは。シュナイルは元々生真面目な男ではあるが、鍛えた甲斐があるとここでもタイトは嬉しくなり、今度はタイトから飛び出した。

――んー。シュナイルは、クラウスさんとコムジを足して三で割った感じ……か？

お互いに決定的なものが決まらず、付いたり離れたりを繰り返すうちに、ふと、マークがシュナイルについて言っていたのを思い出した。

「……たとえ下手か」

「雰囲気で良いって言ったろうがっ!?」

夜、屋敷の男部屋にいた連中は全員笑ったのでマークが慌て、その姿もまた笑いを誘った。

「いやお前だけだろ」

「へんっ！」

マークは不貞腐れてタイトのベッドにふて寝をしてしまった。

「それってさ、俺の割合はどれくらいなの？」

腹を抱えたコムジが聞けば、マークはあっさりと起き上がった。

「クラウスさんが五、コムジが五だな」

「……余計に分からん」

「集中特訓で頭が馬鹿になってんだよ。タイトはもう寝ろ！　黙って寝ろ！」

「じゃあお前は家に帰れ。俺のベッドから降りろ」

「だってルルーも子供もこれから女子部屋に泊まるから、家に帰っても寂しいんだよー！」

「知るか退け」

「ニックさん！　こっちに泊まって良いですよね!?」

「簡易ベッドは自分で持って来いよー」

やったー！　と嬉々として大部屋を出て行くマークに笑いが起きた。

「マークはじいちゃんになってもあんな感じなんだろうね」

コムジが微笑ましげに出入り扉を見る。タイトも口にはしなかったが同意である。

「マークの言った意味は分かったか？」

ニックが自分のベッドに座りながらタイトに聞いてきた。疲れ過ぎて正直よく分からない。だが分かったような気もする。

「ま、今分からんでもシュナイルとやる時に思い出せばいいよ」

その後のやり取りを覚えてないのでそのまま寝たのだろう。そして今の今まで忘れていた。

クラウスさんが五、コムジが五で、足して三で割る……なるほどね。

ゴッ！

シュナイル渾身の正拳突きで、タイトはガードした両腕ごと吹っ飛ばされた。シュナイルがまさかという表情をしたのをどこか面白く思いながら着地する。

「三、三、四の四だな」

上にしていた左腕がびりびりと痺れているが、タイトはそう呟くと木刀を場外に放った。

シュナイルと審判のハーメルス騎士団長がポカンとした。

しかしシュナイルは眉間に皺を寄せる。

「ここで素手になるとは……俺も軽く見られたものだ」

シュナイルの言い分はもっともだがタイトにそのつもりはない。

「いいや。素手のお前には武器が邪魔だと分かったんだよ」

「……ほぅ？」

「証明できるぜ？」

シュナイルが小さくニヤリとした。どうやら本気で怒らせたようだ。腰を低くした一瞬後にシュナイルがタイトの目の前に迫って来た。

左の拳がタイトの耳をかすり、顎を狙った下からの拳はシュナイルの頬を縦にかすった。

二人同時に飛びしさる。しかし視線はお互いに外さない。

「確かに、動きが変わったようだ」

「やれやれ。もう少しビビってくれよ」

「本気のタイトとやりあえるなら、やはり出場した甲斐があったな」

「……ほんと、騎士なんて馬鹿ばっか……」

こうして殴り合いが始まった。

拳を、蹴りを繰り出し、避けて避けられ。

タイトは当たらない事が楽しくなってきた。自分も馬鹿だったと、思考のどこかで小さく呆れた。

ゴガッ
お互い利き手は右であり、やはり力の入りが容易《たやす》い。

今シュナイルの右拳は避けなかったタイトの左頬を打ち、タイトの視界がブレる。しかしタイトの右拳の勢いには何の影響もなく、シュナイルの左頬を打った。

ほぼ同時だった殴り合いは若干シュナイルをよろめかせた。

それでもシュナイルの体勢の立て直しは早く、すぐさま左拳がタイトの腹を打つ。

タイトの喉を何かがせりあがった。が、ニックやラージスに殴られた時に比べれば序ノ口である。

これがトエルだったならタイトには耐えられない。

集中特訓で、耐えられない状態までの限界を自分で把握できた。自分の終《つい》の住処《すみか》には鬼ばかりがいると毎晩ベッドに入る度に思った。

今、目の前にいるのはその鬼たちではない。

それだけで、自分も含め誰もが強い男と認めるシュナイルを相手にしても、タイトの心には楽しいと思える余裕があった。

マークの言った通りだとタイトは少しだけ感謝した。

クラウスの素早さには届かない。

コムジのような体幹でも、手数が多くても、力《パワー》は及ばない。

総合力ではタイトの方が劣るのだろうが、持久力と腕力だけは自信がある。あのマークとずっとやり合って来たのだ。

殴り合いが始まってからは純粋な耐久戦だ。

シュナイルにやられた技をすぐさま返していく。

農業で鍛えられた足腰はそれを可能にしてくれる。

目の前の男を倒す。

その先にあるものに蓋をして、タイトは集中した。


タイトが剣を場外に投げ捨てた後は殴り合いが続いた。

少しずつ攻撃が当たりだすと、レリィスアの心臓はその度にビクリとした。

『胃が痛い』に続き『心臓に悪い』も実感する事になり、レリィスアは自分の姿勢が保たれている事に変な感心をしていた。

それは王女として努力した証。

尊敬する父母たち、兄姉たちに、少しでも恥ずかしい思いをさせたくはなかった。苦手なものはたくさんあったけど、頑張る事ができた。

そんな自分を、最後にタイトに褒めてもらいたかった。

できるなら、特別になりたかった。

観客たちのように声を出して応援したい。声が嗄《か》れるまでタイトに叫びたい。

でも、できない。

国益にならず、修道院を選ぼうとする自分が情けなかった。

だから、姿勢だけは。

長く続いた殴り合いは、素人のレリィスアが見てもとうとう二人の動きが鈍って来た。上体は下がり気味で肩が大きく動いている。レリィスアの席からもまぶたが腫れているのが見える。タイトもシュナイルも口元には血があり、殴り合いの合間に吐き飛ばすものは真っ赤だった。

次の瞬間には倒れるのではないかと思うと瞬きもできない。

あんなに傷だらけになってもどちらも降参しない。

タイトも、シュナイルも、どういう思いでいるのだろう。

男にしか分からない意地なのだろうか。

そうなら馬鹿だ。二人とも大馬鹿だ。

たかだか大会で、こんなにボロボロになって。そんなになってまで欲しいものって何なのだろうか。

シュナイルは騎士団の意地だろうとは思う。

だが、タイトは？

レリィスアは、タイトが何を考えているかいつもわからなかった。

言葉が乱暴で、行動は優しくて。

タイトの心がわからなくて意地になっていた事をレリィスアは今さら自覚した。素直になったところで受け入れられない身分の差があったが、子供の内ならもっともっと近くにいられたのに。

もう成人してしまった。

子供の内に好きだと言っておけば良かった。

何度も何度も言えば良かった。馬鹿にされたとしても、迷惑だろうとも。

結果として、叶わなくても。


ふと、二人の動きが止まった。

フラフラとして危なっかしいが、二人の目はまだ輝いている。

シュナイルの口が小さく動いていた。会話をしているのだろうか。レリィスアのところからはタイトはほぼ後ろ姿なので顔が見えない。

タイトの腰が低くなった。両手を腰の右で構える。

かつて、サレスティアが魔法を放つ時に同じ格好をしたのを見たことがあった。タイトには魔力がないのになぜその格好をと疑問に思った瞬間。

「ハアッ!!」

タイトが両手をシュナイルに突き出した。

途端、シュナイルが後方に吹っ飛んだ。

そして、場外に落ちた。

会場は水を打ったように静まりかえった。

レリィスアは何が起きたか全く分からなかったが、呼吸音すらも聞こえない空間で主審であるハーメルス騎士団長が動いた。

「場外！　勝者！　タイト!!」

それでも静まり返ったままの会場で、タイトが仰向けに倒れた。

レリィスアは、自分が立ち上がり駆け出した事に気づいていなかった。


「タイト！」

闘技場で仰向けになったタイトに、観客席からレリィスアが叫んだ。貴賓席にいたはずなのに観客席の手すりまで来ている。

と、手すりを支点にふわりと飛び越えた。

ギョッとしたタイトだが、今は助けに行けない。しかしレリィスアは綺麗に着地をしこちらに走って来た。とても姫がする動きではない。

……お嬢め……なんつー事を覚えさせた……！

ドロードラングでは元気に過ごしていたレリィスアだが、ここまでお転婆な事をしているとは思っていなかった。タイトがレリィスアから離れ出した隙にそんな事を教えるのは一人しか思いつかない。

　せっかくの綺麗な格好が台無しだ。

　タイトがその姿をぼんやりと眺めていると、顔に水滴が落ちて来た。

「……何でそんな顔で泣いてんだよ……勝った甲斐がねぇなぁ」

　地面に座りこんだらドレスも汚れるだろうよとぼんやり思う。

　拭ってやりたいが、タイトの体はまだ動かない。

「だ、だって、怪我だらけじゃないの！　私、治せないのに！　何で降参しなかったの!?」

　レリィスアの言葉にタイトが顔をしかめる。うるさい。

「しょうがねぇだろ。姫を貰おうってんだ、足は困るが腕の一本取られるくらいの覚悟はして来たんだよ。それと声デカイ」

　レリィスアは慌てて口許を両手で隠す。その行為を変わらねぇなぁと少し笑った。体中が痛い。

「……ひ……姫をもらうって……何の……話？」

　レリィスアが真っ青な顔色で聞いてくる。ちょっと離れた間にそんなにも嫌われたかと思ったが、伝える事もせずに帰っては優勝した意味もない。当主の意向など空の彼方だ。

「農夫が、姫を、嫁に貰うのに、この大会で優勝するしか手がなかったんだよ。しかも決勝が兄貴とか、殿堂入りした騎士が大会に出てくんじゃねぇよ。腕一本どころか命懸けだったわクソッタレ」

「だ、誰が……ど、どこの姫を嫁にもらうの!?」

更に青くなったレリィスアを見たタイトの目があからさまに呆れた半目になる。強調したつもりだったがレリィスアには通じなかったようだ。

「どこの国の姫……？　だ……誰を……？」

怪我のせい以上の脱力感に襲われたが、やはり、はっきり言わないと伝わらないらしい。仰向けのままタイトは叫んだ。

「今現在成人しても売れ残ってる姫はお前だけだろうが！　他所《よそ》の国の姫なんぞ俺は知らん！　俺はお前が欲しくてここに来た！　うちは今が収穫期だ！　忙しいところを無理矢理出てきたから俺はもう帰る！」

レリィスアの目が丸くなる。よっこらせと言って上体を起こし、タイトはレリィスアの目をじっと見つめた。

こんなボロボロの格好でプロポーズをするとはマークを笑えない。

だがそれはタイトの自業自得である。

「俺はお前が好きだ。結婚したい。だが俺は城勤めは無理だからお前が嫁に来るしかない。だから大会に出た。一緒に行くならすぐ準備しろ。準備に時間が掛かるなら農閑期に迎えに来る。選べ！」

聞こえたのかどうかレリィスアは目を丸くしたまま微動だにしない。姫に向かって横柄すぎたかとちらりと思った頃、小さい声が聞こえた。

「え……それ……どちらを選んでも……私が……タイトの……お嫁さんに、なっちゃうよ……？」

「そうだ」

また無言で動きのなくなったレリィスアに、いよいよ本気で時機を見誤ったかとタイトが思った瞬間。

「今行く！」

レリィスアは傷だらけのタイトに思い切り抱きついて来た。

「いぃいっ!?　って〜〜……お前本当に頭いいのかよ？　馬鹿だろ」

「だってタイト本当に置いていくもの！」

レリィスアの体が震えていた。今しかないとでも言うようにタイトの背に回った手がぎゅっとタイトの服を摑む。

タイトの腕がレリィスアを包み、背中をトントンとあやす。

「迎えに来るって言っただろうよ。お前と引き換えに腕一本と思って来たが、お前が俺の骨を折るなら怒るぞ」

農夫の腕だ。義手義足が発達したとはいえ二本しかないものをレリィスアのために一本覚悟したとタイトは言う。

馬鹿なのはこの男の方だ。でも、レリィスアはこの上なく喜んだ。

このふてぶてしく、ずっと想い続けた男が、命の次に、いや命と共に大事な五体を欠かしてもいいと言ったのだ。

「嬉しい……」

涙が止まらなくても離れたくない。抱きしめてくれる腕を夢にまで見たのだ。

「嘘みたい……嬉しい……」

「そんなにか……やれやれだ。十年も飽きずによく待ってたもんだ。俺の何が良いんだかな？　趣味悪いな、リィスは」

きっとニヤニヤしているだろう口調を間近で聞けることを噛みしめていたらとんでもない単語が出た。その愛称にレリィスアはガバッと顔を上げると、顎を掠めたのかオワッと言った男を穴があくほどに見つめた。

「……私を、リィスって呼ぶの……？」

レリィスアの声が震えた。

「呼ぶさ。奥さんになるんだ。当たり前だろ」

小さい頃、祖父と祖母がお互いだけの愛称で呼びあっていた。それを一度だけタイトに言った事がある。彼を意識するかどうかの頃だ。

皆はレシィって言うから、旦那様にはリィスって言われたいの。

その時は、へェ小さくても女って面倒くさいな、とレリィスアの夢も希望も打ち砕かれたのだ。

それを今、言うのか。

嬉しすぎる。

「……卑怯者。大好き」

「……どっちかにしろ」

「そろそろ表彰式をしたいのだが？」

声の方を見れば国王とその他がズラリと並んでいた。

場外にいたはずのシュナイルもボロボロの姿で表彰式のためにそばにいた。

レリィスアは真っ赤になってあたふたとしたが、タイトはよっこらせと飄々と立ち上がる。

国王と視線を合わせる不遜な態度にレリィスアの方が緊張する。

「タイトよ、よくぞここまで戦った。優勝おめでとう」

式典の順序をすっ飛ばして国王が突然話し掛ける。だがその目はタイトを見つめたままだ。

タイトも見つめ返したまま頭も下げずに礼を返す。

「ありがとうございます」

国王を前にして膝もつかない男の姿に周りには緊張が走る。

「して、優勝目録だが、「レリィスア・アーライルを下さい」」

国王の発言を遮ってタイトは言い切った。大臣たちが色めき立つ。いくらドロードラングでも無礼極まれり！　と。

二人のいつの間にかの睨み合いが続く。

そして国王がニヤリとすると、タイトが息を吐いた。

「娘さんを俺の嫁にいただきます」

「ほう？　教師としてとは聞いていたがな？」

「優勝したのは俺なんで、嫁の方が優先です」

「我が儘だぞ？」

「俺には諦めきれなかった最上《さいじょう》の女です」

「ふっ！　……そうか最上か！」

あっさりと、レリィスアの夢でしか見られなかった事が進められている。

「あ。俺んち狭いんで持参金は要りません。勿体ないので国政に使って下さい」

「ふむ、そういう事ならドロードラング領の税率を半年だけ割引にしてやるか」

ニヤリとした国王に、レリィスアは変に焦る。

「チッ割引かよ。懐の小せぇ親父だな、でっかく半額にしてくれよ」

タイトのふてぶてしい態度に、レリィスア以上に会場の緊張が高まる。それに反して国王はまたもニヤリとした。

「やかましいわ若造が。お前の領地が何処よりも恐ろしく稼いでおるだろうが。半年だけの割引でも財務から怒られるのは私だ。代わるなら一年まで交渉してやるぞ」

「あ～、そういうことなら半年でいいです。一人で怒られて下さい。じゃあ俺そろそろ倒れるんで帰ります」

それを叶えれば当主に喜ばれるだろうが、タイトにそこまで付き合うつもりはさらさらないし、いよいよ視界もぐらぐらしだした。このままでは不味い。

「待て待て、優勝の証にこの盾を持って行け。名を彫ってしまったからな。領主への証拠になるだろう？　……では、娘を頼んだぞ」

娘。

タイトは盾をしっかりと受け取ってから、真っ赤になっているレリィスアをしっかと抱き寄せた。

国王が苦笑した。

「幸せにします。あ、結婚式には呼びますんで農閑期まで待ってください。勝手に押し掛けても誰もてなしませんから。亀様、終わったんでお願いします」

盾と真っ赤な顔で目を回しているレリィスアを抱いて、タイトは皆の前から消えた。


さてと国王が振り返ると、大臣から近衛まで、タイトの先程の暴言に倒れんばかりに真っ赤や真っ青になっている。

笑っているのは王妃、王子、側妃たちだけだった。

落ち着かない空気の中をものともせず、治癒回復されたシュナイルが他の二人とともに片膝をつくのを待って、国王は四位までの褒賞を読み上げる。

「では、これにて大会を終了する！」

最後には国王が自ら閉会宣言をするという、大会が始まって以来の歴史に残るぐだぐだな閉会式であった。


亀様が予告していたので、ボロボロのタイトにドレスの裾が砂埃まみれのレリィスアが現れても、ドロードラング領屋敷執務室にいた面々は驚かなかった。

「レシィを俺の嫁にもらったから」

亀様転移でレリィスアを連れ帰ってすぐにタイトは当主に宣言した。

すると侍従長のクラウスは当主サリオンに了解を取って部屋を出て行く。そしてサリオンはボロボロのままのタイトに近づきながらレリィスアに微笑んだ。

「良かったね、レシィ」

そう言ってサリオンが治癒魔法を唱えるとタイトの傷はあっという間に治った。

「はあ？　ちょっと待ちなさいよ。教師の件は？」

作業着姿で優雅にお茶を飲んでいたサレスティアがカップを置く。

「まずは俺の嫁だ。レシィの仕事についてはサリオンに頼む事もあるだろうが、お嬢は黙ってろ」

「だからあんた言い方に気をつけなさいっての!?」

「じゃじゃ馬に気を遣っても何にもならねぇだろうが！　レシィに何を教えたんだコラ！　観客もいる前で手すりを飛び越えたんだぞ！」

それを聞いたサレスティアは明後日の方を向いて音の出ない下手くそな口笛を吹いた。

「なななななに言ってんの？　どどどこからでも逃げられる訓練は大事じゃないの」

「……ドレスの裾も引っかけないとか、どれだけやらせたんだよ？」

ああん？　と続けたタイトにサレスティアはだらだらと汗を流しながら目を合わせない。

「まあまあ。うちの子供たちと遊ぶのにそれくらいできないとついて行けないでしょ。それにお城や学園じゃしなかったんだから、ちゃんと姫としてやりきったじゃないか」

ルイスがタイトを軽く窘《たしな》めながらもレリィスアに良かったねと席をすすめた。

しかし、レリィスアはそれを断った。タイトも少し驚く。

「祝福をもらったのにごめんなさい。今はタイトを休ませたいの」

しっかりつかまえられたままのレリィスアにはタイトのふらつきが全部伝わっている。傷は塞がったが体力は試合後そのままだ。結婚の約束も祝福も嬉しいのだが、いつ倒れるかと気が気ではない。

「しまった……まだ家を用意していなかった……」

タイトにそんな事は後でいいとレリィスアが言いかけた時。

「あ、準備できたみたい。優勝したから家は僕からの褒賞とするね。家具は最低限しかないから他に必要な物は姉上に請求していいよ」

は!? ちょっと! とサレスティアがサリオンに駆け寄るところで風景が変わった。

窓がひとつにベッドと簡素なドレッサーがあるだけの小さな部屋。

《ここが寝室だそうだ。タイトよ、横になれ》

亀様の説明にタイトの体が重くなる。レリィスアは慌ててタイトを支えた。

ベッドにのろりと横になったタイトはすぐに寝付かずにレリィスアをベッドに座るようにポンポンと端を叩いた。

二人で上がっても少し余裕のあるベッドが嬉しくも少し恥ずかしい。少しだけ躊躇ったのち、レリィスアは素直に座り、タイトの前髪をそっと直した。

「ゆっくり眠って」

「ああ……バタバタして悪いな」

「そんな事……ドロードラングでは日常だわ」

おどけてみせたレリィスアにタイトもそうだったと笑う。

その素直な笑顔にレリィスアはとても新鮮な気持ちになった。なかなか見られなかった笑顔に、本当にタイトと結ばれるのだと実感する。

そっと、タイトの手がレリィスアの頬に触れた。

「夢じゃない……」

自分の心の声が漏れたと思った。タイトがそう言うとは思わなかった。レリィスアの心が、恋心がふるえた。

タイトに優しく引き寄せられる。タイトの両手に包まれた。大きな手に触れられた耳が熱い。

そして。

唇が触れた。

また、触れる。

また。

自身を支えていた腕の力の入らなくなったレリィスアは、タイトの胸の上にしなだれかかった。

それをタイトは己の腕で囲う。

レリィスアの涙が止まらない。

喜びで止まらない。

「あーあ。初夜のベッドが埃っぽくなっちまったなぁ」

レリィスアの涙がぴたりと止まった。

むくりと起き上がったレリィスアは、もうひとつあった枕をタイトに投げつけた。

「ばか～！」

そうして部屋を出て行ってしまった。

しかし、腕まで真っ赤になっていた姿が可愛くて、タイトは一人で悶えた。

とうとう手折った高嶺の花は今日もいとおしい。

唇の感触を思い出しながらタイトは大きく息を吐いた。


寝室を飛び出したレリィスアは、深呼吸をして心を落ち着けてから新居を探索し始めた。全部合わせても王城の自室よりも小さい平屋造り。何度も行ったり来たりを繰り返し、これからの生活を想像した。

コンコンと鳴った玄関の扉を開けてみるその行為すらレリィスアにはくすぐったいもの。

扉の向こうにはドロードラングの侍従長、クラウスが立っていた。執務室をすぐに出て行ったのはこの家の準備のためだったと思い至る。

「クラウスありがとう。とっても素敵なお家だわ。サリオンにもお礼を……あ！」

これから自分は姫ではない。平民になればクラウスにもサリオンにも今までのように接する事はできないのだ。さっそくの失態だとレリィスアは恥じ入った。

「喜んでもらえたようで何よりです。どうぞ遠慮せずにお好きに飾り付けてください」

いつもの穏やかな笑みにレリィスアはホッとした。

「レリィスア様をお迎えできて領民一同、とても喜んでおります。タイトをよろしくお願い致します」

「こ！　こちらこそ！　ふ、不束者《ふつつかもの》ですが、よろしくお願い致します」

二人で見本というべき綺麗なお辞儀から直ると、お互いに小さく吹き出した。

「今夜はご馳走だそうですよ。料理長のハンクが張り切っていました。たくさん召し上がっていただけるように、今はどうぞお休みください」

クラウスのいつもの様子にレリィスアも自身の疲れを自覚する。今日はずっと気を張っていた。

だからいつもなら皆が来るのにクラウスしかいないのだろう。レリィスアはその思いに甘える事にした。

そうしてまた寝室を覗く。タイトの規則正しい寝息を聞き、レリィスアは髪飾りを外してドレッサーに置いた。櫛がないので手櫛で髪をほどき、一瞬迷ってドレスのままベッドに入った。

どうせタイトも埃だらけだ。洗濯するのは変わらない。

それに、まだ下着姿を見せるのはとてもとても恥ずかしかった。

隣でごそごそとしてもタイトは仰向けのまま寝ている。横向きになってその横顔を見つめる。

望んで望んで諦めるしかなくて、でもしぶとく諦められなくて、諦めることを諦めた。

自分が望まれたとは、まだ信じられない。

タイトはレリィスアの高嶺の花。

だらしない程に頰が弛んでいる。先ほどタイトに触れた自身の唇に手を添えたまま、レリィスアは眠りについた。

何かの祭りかと思う程に食堂での夕食は豪勢なものになった。

屋敷で風呂を借り、普段着に着替えたタイトは呆れ、平民服を借りたレリィスアは呆気にとられた。

よくよく見れば、ルーベンス夫婦、シュナイル夫婦、エリザベス夫婦も席に着いている。

「父上たちは式本番に合わせるそうだ」

王太子ルーベンスがそう笑う。

そうして二人が席に着くと、サリオンの乾杯で賑やかな晩餐が始まった。

「やはりあれが『気功』か」

ほろ酔いになった男連中はタイトを囲み、シュナイルとの試合の様子を聞き出していた。一番張り切ったのはシュナイル。場外にまで飛ばされた技を聞いてやっと納得したような顔をした。

「話には聞いた事があったが……魔法探知にも引っ掛からない魔法かと思ったが、団長の判断は正しかった」

一人頷くシュナイルにタイトは苦笑する。

「覚えたかったらコムジかシン爺に習ってくれな。俺は教えられる自信はない」

「それは残念だ。そういえば出張訓練でも見た事はなかったな」

「騎士が一対一で最後まで邪魔されず戦える事なんかあるか。不要だろ」

なるほどなとシュナイルは大人しくなった。なら何故習得したのだとルーベンスが聞くと、

「そんなのお嬢が暴走した時のためにだよ。これなら少し離れてても投げつける武器がなくても魔力がなくても使えるからな」

ひとつ間《ま》をとって、王子たちは納得した。

「ちょっと随分な理由じゃないの！　せめて領の防衛とか趣味とか言いなさいよね！」

女だけでレリィスアを囲んでいた中のサレスティアには聞こえたらしい。向こうの方で声だけ絡んで来た。

「じゃじゃ馬に容赦は要らねぇ！」

「よし！　表に出ろ！　レシィを嫁にって何だ！　私を倒してからにしろ！」

サレスティアが立ち上がると、タイトも立ち上がった。

「それはシュナイルがやったろうが！　誰が何と言おうとレリィスアはもう俺の嫁だ！　国王が認めたからな！」

二人ともいい具合に酔っ払っていると他の全員が呆れた。しかし、サレスティアの背後に黒い影が現れるとニヤニヤ笑いに変わる。

「今日は何の日だったっけ？　少し遅れただけで喧嘩が始まるなんて妬くよ？」

サレスティアの夫であるアンドレイがサレスティアの腰を引き寄せて頭にキスをすると、サレスティアは真っ赤になってくったりと椅子に崩れ落ちた。食堂は大歓声に包まれる。誰かが「よっ！じゃじゃ馬馴らし！」と囃した声に手を上げて応えるアンドレイ。

慣れたものである。

レリィスアは兄のその所作に心底呆れ、同時におののいた。兄姉夫婦も何が起きたのか分かっていないだろう。

その兄がレリィスアのもとにやって来た。そしてタイトもレリィスアの隣に立つ。

「おめでとう二人とも。遅れて申し訳ない」

アンドレイはこの時期、サレスティアに付いてドロードラング領の収穫を午前だけ手伝っている。自領であるラトルジン領も収穫時期なのでそちらもチェックしつつ、宰相付きの仕事もこなす。サレスティアがラトルジン領にいればいいという話なのだが、アンドレイはものともしない。里帰りを迎えに行くのがいいのだと口説かれ、サレスティアはそれに甘える事にしたのだった。

アンドレイはタイトに武闘会を見に行けなかった事を詫び、ラトルジン領産の綿生地の反物を五つ渡した。

「とりあえずのお祝い。レシィの普段着でも作ってよ。あと必要な物は遠慮せずに言って。サレスティアも張り切っているから」

片目をつむっておどける兄に、レリィスアの隣に立つタイトが頭を下げる。それにも微笑むアンドレイ。

「レシィをよろしくお願いします。レシィも、タイトをしっかり支えるようにね」

タイトを支える。

「はい」と震えずに声が出た。

「アンディは、俺でいいのか？」

タイトの真剣な声音に、アンドレイは一瞬ぽかんとした。レリィスアもなぜアンドレイにだけそれを聞くのかとタイトを見上げる。

アンドレイはふわりと笑うと、

「ここ二年くらいは、どうやってタイトにレシィを嫁がせるかばかりを考えていたよ。レシィが修道院に行くと言ってくれて良かった。大会で噂を流すだけで良かったからね。最近は問答無用で勅命を出してもらうか既成事実を捏造するかの二択しかないと思っていたからさ」

と恐ろしい事を言い、食堂がしんとした。

それを無視して朗らかに続けるアンドレイ。

「兄上を倒してまでレリィスアを欲しがってくれた事が僕としてはとても嬉しいよ。そしてその強さが誇らしい。タイトが義理の弟というのは複雑だけど、まあ、関係は今まで通りでいいよね」

アンドレイが右手を差し出した。

「レシィよりも僕の方が訓練なんかで長くタイトといた。タイトがレシィを迎えてくれてこんなに嬉しい事はないよ」

タイトは小さく息を吐くと、アンドレイの手を握った。

「待たせ過ぎてお前にも殴られるかと思ったよ。……今、殴られるより酷い告白を聞いたがな」

「そう？」

「……俺の怒らせてはいけない人物リストにはお前も入っている。レシィは俺の全霊をかけて幸せにする」

「うん、よろしく」

「……夫婦喧嘩には割り込まないでくれよ？」

「あはは！　それは理由によるよね～」

「やめろ。お嬢より洒落にならねぇ」

とタイトがアンドレイの手を振り払うと、料理長のハンクがピクニック用の籠を持って来た。

それを嬉々として受け取るアンドレイ。

「ありがとう。じゃあ悪いけどこれでお暇するね。結婚式は必ず出席するから。さ、帰るよ～」

そうして、まだくったりとしていたサレスティアを抱えてアンドレイは消えた。

「……我が弟ながら、恐ろしい男になったな……」

シュナイルの空気を読まない呟きに食堂は爆笑となった。

「あ〜、国王を前にするより緊張した……」

反物を持ったままタイトがしゃがみこむ。それに付き合ってレリィスアもしゃがむと、軽く口づけられた。

声も出せず真っ赤になったレリィスアを抱えあげてタイトは宣言した。

「じゃあ俺らはこれで！　邪魔すんなよ！」

やんややんやと大騒ぎの中を歩き、静かな自宅へと近づくにつれ、レリィスアの緊張は高まった。

部屋の明かりをつけたタイトは、レリィスアのその様子に苦笑すると片膝をついた。

「そういや、ちゃんと求婚していなかったな」

レリィスアを見上げるタイトの目が優しい。子供の時に向けられた優しさとも違う、少し熱を孕んだもの。レリィスアが恋愛小説で焦がれてやまなかったもの。

「レリィスア、あなたを愛しています。私の妻になってください」

顔どころか体中が熱くなる。それとともに涙が溢れた。涙とはどれだけあるものなのか。

「は、はい。つつしんで、お受け致します」

ゆっくり立ち上がったタイトがレリィスアの涙を拭い、苦笑しながらゆっくりと口づけた。

「こんなの、こっぱずかしくて言えるかと思ってたけど、好きな女にになら言えるもんだな」

もうそれだけで、レリィスアは気を失うほどに嬉しかった。

タイトの瞳に自分が映っている。そんな距離で見つめ合うなんて。

「愛しているよリィス。もうお前は俺だけのもの……ありゃ」

初恋を拗らせ恋愛経験皆無のレリィスアは、タイトからの甘い言葉に慣れるまで気絶を繰り返す事になった。

収穫期である事も重なり、二人の初夜は結局、両親たちも参加した結婚式の後になったのだった。

高嶺の花　おまけ

「ねぇねぇ、大会で気功を使う前にお兄様と何か話していなかった？」

「ん？　……ああ、話した話した。よく見えたな」

「あの後にお兄様が吹っ飛んじゃったからびっくりして忘れてたけど、そういえばと思って」

「シュナイルがさ、急に自慢して来たんだよ」

「お兄様が自慢？　珍しい……」

「やっぱり珍しいのか」

「少なくとも私はされた事がないし、お兄様が誰かにしている所を見た事もないわ」

「ははっ。じゃあ俺はだいぶシュナイルを追い込んでたんだなぁ」

「どういう事？」

「シュナイルな、大会が終わったらお前に肉巻きにぎりを作ってもらうって言ったんだよ」

「え!?」

「ふっ！　あれは美味しいって得意気に言いやがるから、それは俺の好物だって言ったんだ」

「はわわわっ!?」

「お前がドロードラング以外でも練習してくれたんだと分かったら嬉しくなって、見せるつもりもなかった気功を放っちまった」

「ううぅ……お兄様……」

「で？　俺にはいつ作ってくれんの？」

「ま……まだ、練習中なの……」

「それも食わせて」

「でも、焦げたり形が歪《いびつ》だったりして」

「リ・ィ・ス？」

「う！　……ぅぅ……」

「ぅぅ……」

「失敗作でも食べたい」

「炭は無理だけどな」

「そっ！　そんなに酷くないもん！」

「ははっ！」

「食べられるもん！　ちょっと固いだけだもん！」

「ブッ！　くくっ、じゃあ明日な」

「ええ!?」

「あ〜、楽しみだなあ」

「ええ〜っ!?」

我が儘

　ドロードラングの食堂からラトルジン領屋敷に戻ったアンドレイとサレスティアは侍従長や侍女長に荷物を預けると二人で執務室に入った。

　ハンクから受け取ったかごには夜食が入っている。残った仕事を持ち帰って来るアンドレイの補佐をサレスティアがするのも二人の日課だった。そして領地の仕事は侍従長が急ぎのものを中心にまとめていてくれる。

　サレスティアは実家で十分に食事をしたので、アンドレイに温かいタンポポ茶を淹れる。職場ではコーヒーを飲む事が多いので家ではいつもこちらだ。

「ありがとう。ルルーの様子はどうだった？」

　かごから夜食用ハンバーガーを取り出し、かぶり付きながらもペンを持ち書類にサインをし始めるアンドレイ。サレスティアは忙しい時ほど行儀の悪い夫に苦笑しながら自分の分のお茶を淹れる。

「出産後はさすがに疲れてはいたけど今回はお乳の出もいいみたい。赤ちゃんと共に元気だったよ！　……良かったぁ」

サレスティアはカップを両手で持ち懐かしむように微笑んだ。そして自分の仕事机に着く。

今回ルルーは二人目の出産である。一人目は出産まで陣痛が長く掛かり、安産ではあったが母体であるルルーの方が参ってしまった。初産の気負いからか酷い貧血になってしまったのだ。そのせいか体調が戻っても乳の出は悪く、結局ルルーが子に自分の乳を飲ませられたのは産まれた直後だけであった。

サレスティアの子の乳母をするつもりもあったルルーはだいぶ落ち込んでいた。しかし、すくすくと育つマークに似た娘はそんな母親を待ってはくれず、娘に弟妹をと思わせるまで回復させた。

その二人目は男子で、こちらはルルーに似ているらしい。

「不思議だよね～」

サレスティアは書類を確認しながらアンドレイを見ずに、性別とかどこで似るのかしらねと楽し気だ。アンドレイもそんなサレスティアにほっとする。

「じゃあ、ルルーに乳母を頼めるね」

サレスティアは大きく頷いた。が、その後に間があいた。アンドレイが不思議に思い顔を上げると、サレスティアは申し訳なさそうにしていた。

「ごめんね、最初の子の乳母にはルルーになって欲しいって我が儘言って……」

それは何度も話し合った事であり、反対する理由もないアンドレイは特に気にしてはいなかった。もともと後継にはうるさく言わない祖父母であるし、誰も急かしたりはしていなかったはずだ。

だがやはり女性の方がそこは気負うらしく、どこかで赤子を見かける度にサレスティアは申し訳なさそうな顔をした。

サレスティアの方がルルーより若いし出産適齢期間に余裕がある。だが玄武がついているとはいえ出産は命懸けだ。不安は少ない方がいい。

なにより、サレスティアの願いを叶えないという選択肢はアンドレイにはなかった。

「それは僕には我が儘じゃないよ」

「……アンディは私を甘やかし過ぎ」

苦笑しながら頬を染める行為がどれ程アンドレイの理性を揺さぶるのかサレスティアはまだ自覚しない。こういう時は書類を睨むに限るとアンドレイは学んだ。

結婚して箍《たが》が外れやすくなっているのはアンドレイの方である。

ある日祖父に「毎夜はやめなさい」と窘められた。祖母からの伝言だとも言われ、アンドレイはサレスティアの体調をことさらに気遣うようになった。

毎日一緒にいられる事のなんと素晴らしい事か。

子供がいる生活も楽しいだろうが、サレスティアを独占できる今も捨てがたい。アンドレイは毎日そう思っている。

「あの……相談があるんだけど……」

「ん？」

再度顔を上げれば、今度は顔を赤くしたサレスティアが両手で頬を押さえながら挙動不審になっていた。

「どうしたの？」

うぅ恥ずかしいと言いながらしばらくもだもだしていたサレスティアは、執務室に二人きりだというのにアンドレイのそばまで来て小声で言った。

「い、忙しいのは分かっているんだけど……あの、あのね……か、亀様がね……こ、今夜は……こ、こ、子種をもらうといいって……ふぎゃあ！」

アンドレイはサレスティアを抱き上げるとそのまま寝室へと向かった。

どんなに忙しかろうと、サレスティアの願いを叶えないという選択肢はアンドレイにはない。

そして十月後、ラトルジン公爵家に元気な男の子が産まれることになる。

最後のおまけです。

すぐ上の姉の墓参りに行くと、姉の親友、彩子《あやこ》さんがすでに手を合わせていた。

もう十年も経つのに毎年来てくれる。さすがに家には来なくなったが、どこかで会えば必ず声をかけられた。

「こんにちは彩子さん」

「あら卓也《たくや》くん、こんにちは。久しぶり」

「あれ、眼鏡かけたんすか？」

「そうなの。作業するのにしんどくて、とうとう作っちゃった」

ニカッと笑う姿は、姉に似ている。

「老眼じゃないからね」

ドスのきいた声で先に冗談を封じられたので、大人しく持参した線香に火をつけることにした。

このやり取りに、ホッとする。

だが、墓前に置かれたそぐわない物に一瞬思考が止まる。

アーライルII

『魔法学園アーライル２　～今度は魔王を倒します～』

…………マジか。

「怒らないでよ？　そのゲームね、昔私が大好きで、コミケで爆買いした同人誌を里美《さとみ》も好きだったのよ。人気が偏ったゲームだったからそれきりだったんだけど、十年経ってから続編が出たの。今年はこれを墓前に供えなきゃと思ってさ」

里美……久しぶりに家族以外から姉の名前を聞いた。

彩子さんは変わらず、会えば屈託なく姉を話題にする。

ホッとする。

「知ってますよ。姉ちゃんがやりもしないのに唯一はまったゲームだったから」

そっか卓也くん知ってたっけ、と彩子さんは笑う。

変わらないなぁ。

変わらないといえば……

「彩子さんはまだオタクなんすか？」

「は？　まだってなによ私は一生オタクよ！　死ぬまで独りだろうとこれだけは譲らないわ！」

……変わらないなぁ。

「何よその残念な子を見るような目は。ちゃんと働いて税金も納めてるんだから文句はないはずなのよ」

あれ。

「彼氏いないんすか」

「うわっ断定で来た！　いないんじゃないのよ！　作らないのよ！」

その必死さに思わず噴いた。

「笑うとこじゃないわよ!?」

と目を剝いて言ったくせに、彩子さんはすぐに笑った。……なーんだ。

「自分で笑ってるし」

「自虐ネタなんて旬な時に使うものよ」

子供のような素振りと大人の顔と。いまだ表情豊かな人だ。

「今日は有給っすか？」

「そ。有給消化も兼ねて三日とったから、このゲームをクリアして次のイベントへのプロットを立ててるんだ〜」

「相変わらず休みの方が忙しいっすね。でもそのゲーム、三日でクリアできるような簡単なヤツなんです？」

ストーリー重視のゲームは段取りを間違えるとプレイヤーの希望通りにクリアできない。けっこう時間がかかる。

「あと半分だからクリアはできるんじゃないかなぁ。今回のラスボスね、前回主人公の恋路の邪魔をするしょぼい悪役令嬢の隠された弟だったのよ。奴隷に売られたり色々と何だかんだで凄く祖国を恨んでるんだって。これがまた憂いをおびた超イケメンなんだけど、魔法最強だわでラスボス対決が前作より時間がかかるらしいんだよねー」

同人誌作業にどうにも行き詰まった彩子さんを何度か手伝ったことがあるけれど、そうなるとこの人、ゲームをしてる時間なんてないんだよなぁ。

やつれた彩子さんはゾンビだ。

「俺、今日明日で有給取ったんで、日当五千円で手伝いますよ？」

「マジで!?」

キラリンと彩子さんの眼鏡が光る。

「なんなら別途材料費プラスでご飯も作りますけど？」

「オタクに一台欲しいヤツ！」

三十路の女が叫んだ。ほんとオタクって大変。ちゃんと食ってんのかな？　料理上手なのは知ってるけど。

「イベントの方がメインなんでしょ？」

「さすが分かっていらっしゃる！　ついでに卓也大明神、コスプレをお願いしたいキャラがあるんですが……？」

上目遣いをされて平気な女って、彩子さんだけだけど……頼み事がなぁ……

「えー、俺28歳っすよ？　日当二万別途弁当交通費付きなら受けましょう」

「即断！　しかし高い！　えー、弁当交通費込み一万五千円でどうでしょう？　二日間！」

チョキをどんと出されても、値下げされた日当よりも、当日の俺の羞恥心がもたないです。

「無理。一日」

「駄目か〜。じゃあしょうがない。でも一日だけでも潤う〜。ありがとね！」

墓参りで何をやってんだと毎回思うけど。

楽しい。


姉ちゃん。俺らも、元気にやってるよ。

あとがき

『贅沢三昧したいのです！　転生したのに貧乏なんて許せないので魔法で領地改革⑤』です。

お買い上げいただいた神様、毎度ありがとうございます!!　おかげさまで最終巻となりました!!!

え、借りて読んでいる？　では貸してくださった御方に布教のお礼をどうぞお伝えください。マジで。電子書籍は場所を取らなくていいんですが、やっぱり紙が好き派なので、貸してくださった御方を崇め奉ってください。ぜひ!!

……え？　またも立ち読み派？　……通算五冊も立ち読みだなんて、逆にアッパレな気がしてきました（笑）。しょうがないので、他の本（アース・スター物をメインでお願いします☆）をたくさん買って、立ち読みを許してくださった本屋さんに貢献してくださいねーっ!!

さて、最終巻です。

表紙は皆さんお待ちかねの『お嬢とアンディ』になりましたあああっ!!　もちろん私も待ってました!!

1巻の表紙ではハリセンと枝豆を持ったかぼちゃパンツのちびっ子が、今回ウェディングドレスの似合うレディになりました……感涙!!

アンディ見た!? アンディめっちゃかっこいい!! 1巻は半ズボンはいてたカワイコチャンだったのに!!

沖史慈宴さま最高!!! 万歳!!!


5巻の内容を暴露すると、書き下ろしではありません。すみません。すでに【後日談】としてサイトに投稿されているものです。

『アイス先輩の春』は本編完結前に後日談として投稿しました。本編が行き詰まっちゃって、その気晴らしに（笑）。

『高嶺の花』は一部だけ先にできちゃって、そこに行き着くまでが難産でした。アクション下手くそなくせにそういう話にしちゃったから……（汗）。

ヤンとダジルイの話はヤン推しの仲良しユーザーさまから「……ヤンは？」と言われ……（笑）。初期設定では普通にオッサンなだけだったのに、ダジルイが絡むとちょいエロという成長を遂げてしまいました。でもそれがいいんだってさ（笑）。

他、本編では目立たないキャラをメインにしてるので、読者さまがそのキャラを思い出すのに時間がかかりそうです。……よし、4巻まで読み返しましょうか。うふふ☆

『小説家になろう』に投稿するようになって六年になりました。読むだけならその前からなのですが、読むために登録した日を覚えていないので正確には何年たったのやら。そりゃあ四十肩にもなりますわ☆　……ヤツは本当に突然やってくるので、同世代の皆さんは、あ、今は若い子たちも油断せず、どうぞご注意を。私の年齢的には五十肩が正しいんですけどもね……やれやれ。

………えーと、最終巻なので何か語ろうとしてみたのですが、意外と思いつかないです。だいたいの事は1巻の時に出し尽くしたような？

裏話は特にない……あ。

『高嶺の花』で、タイトは実は亡国の王子という設定にしようとしてました。でも面倒になって没に。だってそんな背景、血なまぐさいし、シリアスは私が耐えられない（笑）。

騎馬の国の様子ももっと書ければ良かったのですが、主に戦闘シーン。苦手は克服できませんでした……ハハハ……

本編は連載してるうちに登場人物がやたら多くなりました。漫画が大好きな弊害か、物語の伏線を作れずキャラを使いまわしできなかったからかはわかりませんが、キャラクターの容姿を細かく決めていなかったのが一番の理由かもしれません。

沖史慈宴さまがデザインしてくださったおかげで主人公が可愛いと思えるようになりました

（笑）。

そう、主人公のお嬢ですら、文だけではあやふやな容姿です。……よく佳作に入ったな……　身長もテキトーだったので、絵にしてもらうために児童生徒の成長曲線を参考にしました（笑）。

とまあ、人物情報も含めざっくりした話になる予定だったんです。一話一年分で、全十話十年分。本編内は十年で終わりにできて正直ホッとしました。卒業式っていいネタですね（笑）。

そして最後の最後には前世でのお嬢の弟登場。出す予定はまったくなかったんですが、サリオンが白虎とシロクロと融合した時に、よしゲーム２期の魔王役にしよう、それで終わりにしよう、と決定。で、急きょ彩子《あやこ》というお嬢の親友登場。今のコミケ事情はどんな感じ？　昔とそう変わってないのかなと思いながら書きました（笑）。

そういや前世関連で、シュナイル王子は顔だけ、お嬢の片想いだった先輩にそっくりにしよう案がありました。まあそれも面倒になり、ロケットパンチでぶっ飛ばす方向にシフトチェンジ（笑）。

でもそっくりさんを採用してたらお嬢はアンディと一緒にならなかったかもしれません。話変わっちゃう、わお。

くっつけるといえば、クラウスとネリアをくっつけようかとも思ってみたり（笑）、ダジルイをめぐって、ザンドル、バジアル兄弟が争っているというのも考えてました。結局クラウスは嫁一筋になり、ダジルイはあっという間にヤンが持ってっちゃいましたが（笑）。

……わりとあったな、裏話（笑）。

改めまして。

イラストを担当してくださいました沖史慈宴さま。引き受けてくださって本当にありがとうございました。いっつもギリギリに注文してしまってすみませんでした!! それでも想定以上に仕上げる手腕に毎度惚れ惚れしてました!! 『贅沢三昧』は宝物です。

担当編集のTさま。アース・スターノベルがどんどん忙しくなっていく中、いつも優しいメールをありがとうございました。穏やかな文面、はっちゃけた文面(笑)、毎度楽しくやり取りできました。ほんと、お世話ばかりかけて面目次第もございません!! 貴重な経験をありがとうございました!!

アース・スターノベル編集部の皆さま。私には想像もつかない大変さの中、『贅沢三昧』にもご尽力いただきましてありがとうございました。自分がサインを書く日が来るとは……(笑)。めっちゃ震えましたが、楽しかったです!!

デザイナーさま。いつも素敵な本をありがとうございました!! 『贅沢三昧は黄色です!』うふふ。

本屋さま。お店に置いてくださって、そして色々と企画してくださってありがとうございました!! ガタガタのサイン、マジですみませんでしたあっ!! でも今書いても震えます(笑)。

家族。夕飯のおかずが少なくなっても、お弁当が冷食続きでも、文句を言わないでくれてありがとう!!

なにより忘れてはならない、なろうで構ってくれたみんな!!（笑）。

そして、最後までお付き合いくださったあなたへ。

ありがとうございました!!!

２０２１年12月

みわかず

postscript

お嬢&アンディ
結婚おめでとう

イラスト担当の沖史慈です。
ついに、最終巻。
ご刊行おめでとうございます!

枝豆持ってドヤ顔してた
お嬢もすっかり立派になって!

全5巻完走できてうれしいです。

老若男女もふもふと
色々なキャラクターを
楽しく描かせていただきました～!

みわかず様 編集様
たいへんお世話になりました。
そして お疲れ様でした!

皆様のご多幸をお祈りして

おきじ

贅沢三昧したいのです！

キャラクターデザインラフ

学校の教師をしていたアオイは異世界に転移した。
森の賢者に拾われて魔術を教わると
あっという間にマスターしたため、
さらに研究するよう薦められて
世界最大の魔術学院に教師として入ることに。
しかし、学院には権力をかさに着る
貴族の問題児がはびこっていた——
異世界転移して教師になったが、魔女と恐れられている件
~王族も貴族も関係ないから真面目に授業を聞け~
井上みつる
Illustration 鈴ノ
1巻
好評発売中!
特集ページはこちら!
EARTH STAR NOVEL
Luna

王族相手に保護者面談!?
木刀で生徒にタイマン指導!?
最強の新人女教師が
魔術学院のしがらみを
ぶち壊す!?

ルナ刊行中!!
オススメ作品
ますます目が離せんな
ルナの相棒の獣人族の青年。おっちょこちょいな彼女をサポート&護衛してくれる頼もしい味方。
老若男女楽しめる作品を、
今後も続々と刊行予定!!
EARTH STAR NOVEL

EARTH STAR NOVEL

贅沢三昧したいのです！
転生したのに貧乏なんて許せないので、魔法で領地改革⑤

発行 ―――――――― 2021年12月15日　初版第1刷発行

著者 ―――――――― みわかず

イラストレーター ―――― 沖史慈宴

装丁デザイン ――――― 関善之＋村田慧太朗（VOLARE inc.）

発行者 ――――――― 幕内和博

編集 ―――――――― 筒井さやか

発行所 ――――――― 株式会社アース・スター エンターテイメント
〒141-0021　東京都品川区上大崎3-1-1
目黒セントラルスクエア　7F
TEL：03-5561-7630
FAX：03-5561-7632
https://www.es-novel.jp/

印刷・製本 ―――――― 図書印刷株式会社

ISBN 978-4-8030-1593-5